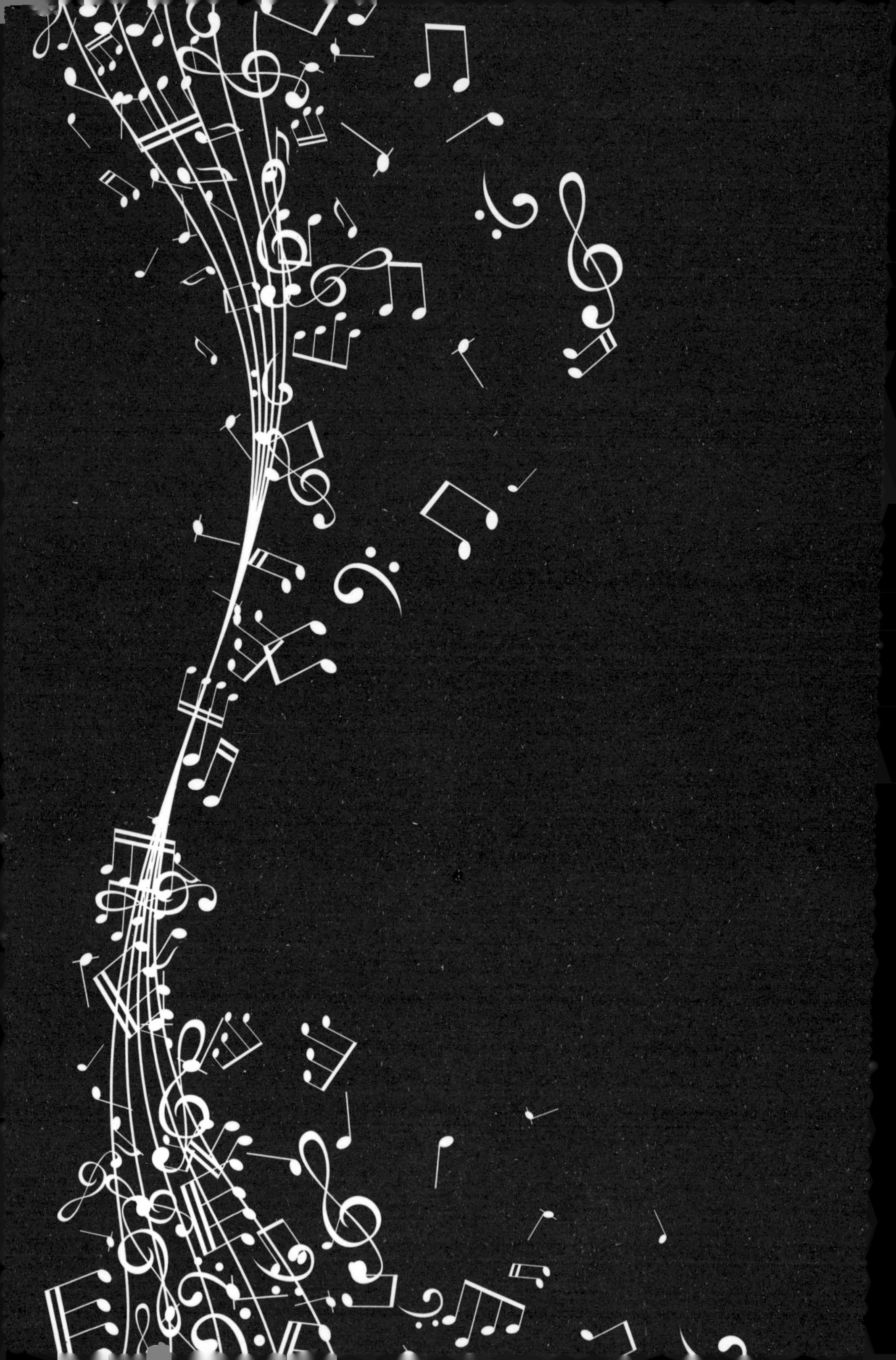

La Melodía de la Magia

Papel certificado por el Forest Stewardship Council®

MIXTO
Papel procedente de fuentes responsables
FSC® C117695

Penguin Random House Grupo Editorial

Primera edición: junio de 2021

Diseño de cubierta: Penguin Random House Grupo Editorial / Judith Sendra

Printed in Spain – Impreso en España

ISBN: 978-84-204-5862-5
Depósito legal: B-6.675-2021

Compuesto en Punktokomo S. L.
Impreso en Limpergraf
Barberà del Vallès (Barcelona)

AL 5 8 6 2 5

VIOLETA G

La Melodía de la Magia

Ilustraciones de
Alicia Sánchez (@alisvart)

ALFAGUARA

Gracias por permitirme llevar a cabo este maravilloso proyecto.

Gracias a toda la gente que hay detrás y que ha hecho posible el cumplimiento de un sueño.

Gracias a mi familia, por el apoyo, los valores inculcados y la persona que me han hecho ser. A Perxitaa (Jaume)...

Gracias por ser la luz en los días grises, por creer en mí y en mis sueños y nunca dejarme caer. A los «Adorablísimxs»,

Gracias por ser esta maravillosa familia que se formó en el camino y que nunca me ha dejado de acompañar a lo largo de él. Y a ti, que tienes este sueño entre tus manos...

Gracias. **Gracias** por confiar en mí, por apoyarme, por animarme a seguir creciendo y mejorando día a día y por embarcarte de mi mano en esta nueva aventura.

CAPÍTULO 1:
La niña de la sala de música

«La sala de música es el mejor lugar del mundo.»

La primera vez que ese pensamiento cruzó por la mente de Violeta, acababa de entrar al instituto, y un niño, de cuya cara y nombre no se acuerda, cogió la carpeta que con tanto esmero había forrado con imágenes de sus películas de Disney favoritas y la tiró por la ventana. Era uno de los primeros días de clase y casi nadie se conocía. Los grupos estaban empezando a formarse y todavía no se atrevían a hablar muy alto, así que Violeta se vio sola, mirando cómo su carpeta salía volando desde la ventana del segundo piso y desaparecía entre los setos de la entrada.

Podría haber ido a buscar a un profesor, o haberse echado a llorar, o haberse puesto a gritar, pero en vez de eso salió corriendo de la clase y empezó a deambular por los pasillos, buscando una sala vacía donde esconderse. La sala que encontró no solo estaba vacía, sino que no se parecía en nada a las otras aulas en las que había estado: era mucho más amplia, con grandes ventanales que llegaban del suelo al techo y por los que se colaba la luz del sol a raudales. Había unas cuantas sillas colocadas en fila en el centro, y, apoyadas contra una pared, un montón de guitarras de distintos tipos. Ocupando casi toda la esquina derecha de la sala, justo debajo de los ventanales, un enorme piano de cola se alzaba como si hubiera sido sacado de un libro de fantasía. El resto de las paredes estaban cubiertas de estanterías llenas de papeles y cajas hasta arriba de instrumentos: flautas dulces, ocarinas, xilófonos...

Violeta recuerda cerrar la puerta tras ella y adentrarse en la sala como quien se adentra en un lugar sagrado: conteniendo la respiración y procurando no hacer ningún ruido.

Estuvo ahí el resto de la hora, tocando suavemente las teclas del piano con un dedo y maravillándose con cada uno de los sonidos que llenaban el aire, envolviéndola por completo.

Cuando le preguntan cuándo supo qué era lo que quería hacer con su vida, ese es siempre el primer recuerdo que le viene a la cabeza.

Lo recuerda ahora también, seis años después, cada vez que pasa por delante de una tienda de música o un conservatorio y se detiene a mirar el escaparate o a escuchar la música que sale del interior. Al final, pasa de largo y sigue su camino, porque ella, a pesar de haber tenido siempre muy claro lo que quería hacer con su vida, como le ocurre a tantas otras personas, está haciendo algo totalmente diferente.

—¿No hay otra cosa que te guste más? —le preguntó su madre el día que le dijo lo que quería hacer.

—No se puede vivir de eso —dijo su padre.

—Es muy sacrificado, y no tiene casi ninguna salida —le aconsejó su tutora.

—Hay muchas opciones mejores —dijo la orientadora.

—La verdad —afirmó su profesora de Música— es que no te imagino haciendo nada más.

Y Violeta tampoco se imaginaba haciendo nada más, ni en ese momento, ni ahora.

A pesar de todo, aquí está, recorriendo el campus de la universidad donde, contra todo pronóstico, ha empezado a estudiar Empresariales. ¿Cómo ha acabado estudiando esto, si lo que ha querido hacer toda su vida es dedicarse a la música? Muy fácil: cuando el mundo no para de repetirte que lo que tú quieres hacer no es la opción correcta, al final acabas sacrificando lo que quieres para amoldarte a lo que se espera de ti. Porque hay que hacer algo de provecho, tener una carrera seria de la que poder vivir… Y, mientras tanto, Violeta se pregunta: «¿y qué pasa con eso que te hace querer vivir?». No es que quiera ponerse filosófica, pero nunca ha entendido por qué, si son nuestros sueños los que nos hacen especiales, alguien se conformaría con ser un *muggle*, pudiendo ser un mago.

El edificio donde va a pasar la mayor parte de los próximos cinco (o más) años de su vida es una construcción enorme de hormigón, con un montón de ventanas iguales, todas colocadas en fila. Tiene seis pisos y muchas aulas parecidas, con sus pizarras blancas, sillas de metal…, y no hay sala de música. Era obvio que no iba a tenerla, pero, por alguna razón, eso a Violeta le genera cierta ansiedad.

Desde ese primer día del incidente de su carpeta, la sala de música se convirtió en su refugio. Durante años, ha sido el lugar donde ha ido a pasar todas las horas libres, donde se ha escondido cada vez que el matón de turno la tomaba con ella, donde ha llorado cuando el peso de no encajar se hacía demasiado grande. Fue en la sala de música donde leyó el primer libro de *Harry Potter* y empezó a creer en la magia, donde se encontró

a sí misma y, sobre todo, donde descubrió la música, y, con ella, su lugar en el mundo. Así que, bueno, sí, el hecho de que el lugar donde va a pasar prácticamente todos los días a partir de ahora no tenga sala de música la pone bastante nerviosa.

Puede que sea por eso por lo que siempre da un rodeo cuando va de camino a clase. Cada día prueba un camino nuevo, para ver por cuál tarda más, y es uno de esos días cuando ocurre. Ha girado por una esquina distinta a la habitual, y, cuando lleva un rato andando, se da cuenta de que desde algún lugar sale una melodía que reconoce, aunque no sabe por qué. Instantáneamente, se olvida de hacia dónde se dirigía y camina siguiendo la música hasta detenerse ante un imponente edificio de ladrillo rojo, con grandes ventanales bordeados por arcos de madera tallada y una pequeña escalinata de piedra de aspecto muy antiguo que sube hacia la puerta principal. Tiene un aire a escuela de magia que fomenta la ya creciente curiosidad de Violeta. Sube los escalones con cuidado y estudia la pesada puerta de madera, que en el centro tiene una placa que reza «Academia de Arte Dramático».

La música sale del interior del edificio, se escabulle hacia el exterior por debajo de la puerta y, cuanto más se acerca Violeta, más nítido se vuelve el sonido. Es una melodía que no recuerda haber escuchado nunca y, sin embargo, siente que se sabe de memoria.

Lleva un rato parada escuchando cuando la puerta se abre y aparece una mujer. Es una mujer exactamente igual a cualquier otra mujer y, sin embargo…, no.

—Buenos días —dice, con una voz que parece demasiado suave, demasiado clara, demasiado nítida—. ¿Quieres pasar?

Violeta tarda un segundo en reaccionar.

—¿Qué?

—Que si quieres pasar —repite la mujer, sonriendo.

—No, gracias, yo… tengo que irme.

Casi se tropieza al bajar por las escaleras, casi se choca con un hombre cuando echa a correr hacia la esquina y, cuando por fin ha perdido de vista la Academia de Arte Dramático, se detiene.

¿Es su imaginación, o los ojos de la mujer eran demasiado grandes, demasiado negros? Y su pelo, ¿no era demasiado oscuro? Es una sensación extraña, como cuando te despiertas de un sueño y, por un lado, recuerdas perfectamente lo que has soñado, pero a la vez no eres capaz de recordar ningún detalle específico. Y la música, claro, también está la música...

Para Violeta, siempre está la música.

A la mañana siguiente, casi sin darse cuenta, se encuentra de nuevo frente al edificio de ladrillo rojo, y luego la mañana después de esa, y la siguiente. Poco a poco, empieza a pasar más tiempo dando vueltas, buscando todos los caminos posibles que la lleven hasta esa enorme puerta, siguiendo la canción que la acompaña hasta que el resto del escenario parece desaparecer. Durante un tiempo, esa se convierte en su rutina: dar vueltas, detenerse ante la Academia, quedarse cada vez más tiempo parada en la base de las escaleras, llegar cada vez más tarde a clase, y luego volver a casa con la sensación de que hay algo importante que debería estar haciendo, y una melodía que no conoce, pero que le resulta tremendamente familiar, resonándole en bucle en la cabeza.

Un mes después, cuando se detiene delante del edificio de ladrillo rojo, la mujer de los ojos negros está sentada en el escalón más alto, y sonríe cuando la ve llegar, como si hubiera estado esperándola.

—¿Todavía no quieres pasar? —pregunta.

—Yo… voy de camino a un sitio, es solo que…

—¿Hay algo que te llama la atención?

Violeta se muerde el interior del carrillo. ¿Por qué suena tan raro lo que quiere decir? Ya la han llamado rara otras veces. ¿De verdad le importa lo que piense esta mujer? La respuesta es que no.

—La música —dice finalmente—. La música que sale del interior, la oigo desde muchas calles más abajo, y al final acabo siempre aquí.

—Ah, ya. —La mujer asiente con solemnidad—. Haces bien. Cuando oímos una melodía que reconocemos, siempre debemos seguirla.

—Yo no he dicho que…

—Pero la reconoces, ¿no? Por eso estás aquí.

Violeta no sabe por qué, pero sale corriendo. Si la mujer no pensaba ya que estaba un poco loca, esa debe ser toda la confirmación que necesitaba.

Esa noche, sueña con la mujer. O, más bien, sueña con sus palabras. «Cuando oímos una melodía que reconocemos, siempre debemos seguirla.» La frase se repite en su cabeza muchas veces, tantas que cuando despierta ya no sabe si realmente se lo dijo otra persona, o es la manera sutil de su propia cabeza de decirle: «¿Qué estás haciendo con tu vida?».

Esa mañana, por mucho que intenta ir por otro camino, acaba, como siempre, frente a la Academia, pero esta vez hay algo distinto: en la pared al lado de la puerta ve pegado un cartel. Es un cartel simple; el fondo es de rojo neón, las letras son grandes y blancas, ocupan casi toda la superficie y rezan:

«¿ESTÁS SEGURO DE QUE ESTÁS DONDE DEBERÍAS?
UNA OPORTUNIDAD ÚNICA
AUDICIONES
EL CIRCO TEMPO BUSCA TALENTOS ESPECIALES
PARA UN TRABAJO QUE TE CAMBIARÁ LA VIDA».

Violeta se queda mirando el cartel durante lo que le parecen horas, hasta que casi lo ha memorizado. En su cabeza, todo lo que le han dicho a lo largo de su vida se mezcla en un batiburrillo de frases que, al final, vienen a decir lo mismo: «Pasa de largo, no te detengas, sigue por el camino que te han marcado y olvida la música». Pero ¿cómo podría olvidarla, cuando la melodía que sale de debajo de la puerta le dice todo lo contrario? ¿Qué habría sido de todas esas grandes historias que la atrapaban de niña si sus protagonistas hubieran pasado de largo? Y, lo más importante: ¿no se arrepentirá toda su vida si no se atreve a intentarlo, al menos una vez?

Toma aire profundamente, cierra los ojos, cuenta hasta tres y, cuando los abre, se saca el móvil del bolsillo y le toma una foto al cartel.

Mientras se aleja, le viene a la mente el recuerdo de la sala de música y el sonido que hacían las teclas del piano cuando las presionaba, una a una, y es como si sus pasos tuvieran, de alguna manera, banda sonora.

CAPÍTULO 2:
El circo y el payaso de los ojos verdes

A las siete de la tarde del día siguiente, Violeta se encuentra de pie en mitad de una explanada a las afueras de la ciudad, donde se ha instalado el circo.

A lo lejos, recortándose contra el anaranjado sol del atardecer, puede ver las tiras de luces de neón que cuelgan de los coloridos techos de las tiendas. El blanco y el rojo se mezclan con bombillas de todos los colores que parpadean como luces de Navidad. Desde donde ella está apenas puede oír nada, pero hay un runrún en el fondo de su mente, y su pecho palpita al ritmo de una melodía imaginaria, que se va haciendo más fuerte a cada paso que da.

El cambio en el escenario es casi imperceptible, y, sin embargo, cuanto más avanza, se va dando cuenta de que hay algo extraño en el ambiente, de que la ciudad que la rodea se va desdibujando cada vez un poco más, y, cuando se detiene ante la enorme reja de metal dorado que rodea el recinto, ha desaparecido por completo. Gira sobre sí misma, confusa, pero la noche parece haber llegado de repente y tras ella ya solo hay un manto de oscuridad, salpicado por más estrellas de las que ha visto en su vida, y, si mira hacia delante, no puede ver nada más allá de la masa de luces que se extiende ante ella.

La cancela de entrada está tallada de manera que cada puerta parece un arpa, con los barrotes haciendo las veces de cuerdas. Al otro lado, una alfombra roja se extiende por un suelo cubierto de purpurina hasta detenerse ante la entrada de la primera carpa, cuyas paredes de tela a rayas blancas y rojas simulan resplandecer en la oscuridad. A esta distancia, puede ver varias figuras que se arremolinan en la entrada, iluminadas por las tiras de luces que recorren los techos de las carpas, uniéndolos.

—Has venido.

Violeta pega un respingo y se lleva la mano al pecho.

—¡Ay, madre mía, qué susto!

La mujer de la Academia de Arte Dramático la mira desde el otro lado de la reja y sonríe. Sus ojos parecen un reflejo del cielo nocturno, plagados de estrellas.

—¿Has venido a la audición?

—Pero usted… ¿qué hace aquí?

—¿Te sorprende? El cartel estaba en mi academia —dice, encogiéndose de hombros—. Bueno, pero eso da igual. Lo que importa es que estás aquí. Así que ahora dime, ¿has venido a la audición?

La mujer no lo dice con ningún tono raro ni formula la pregunta de manera especial; de hecho, es simple y directa, y sin embargo… algo le dice a Violeta que es una pregunta importante. Es una sensación rara, la misma que tuvo mientras miraba el cartel el día anterior. El miedo tira de ella hacia atrás, como si tuviera un hilo invisible atado a la cintura, quiere que dé media vuelta y se vaya por donde ha venido, que se aleje de este lugar que tan fuera está de su zona de confort y vuelva a su vida. Pero ¿en serio quiere volver a esa vida? ¿Justo ahora que está tan cerca de ver qué hay más allá?

Es una pregunta importante, así que Violeta toma aire, mira a la mujer a los ojos y responde con seriedad.

—Sí, he venido a la audición.

Los ojos de la mujer parecen encenderse, y, por un momento, a pesar de su oscuridad, son tan brillantes como las luces a su espalda.

—Eso es justo lo que esperaba oír.

Da un paso atrás, y las puertas con forma de arpa empiezan a abrirse, muy lentamente y sin ningún mecanismo aparente que las haya accionado.

—Bueno, si estás lista, sígueme. La audición está a punto de comenzar.

Violeta cruza el umbral de metal con pasos cuidadosos. Le duelen los nudillos de lo fuerte que aprieta las tiras de su mochila, aunque no entiende por qué está tan nerviosa. Ya ha cometido locuras antes; no puede ni contar las veces que se ha escapado del instituto para ver las actuaciones de los músicos callejeros que se juntaban todos los días en una plaza cercana. Una vez dijo que se iba a dormir a casa de una amiga y se fue sola a un concierto al otro lado del país… No recuerda haber sentido nervios en ninguna de esas ocasiones, y sin embargo ahora sabe que mentiría si dijera que no le tiemblan las piernas.

La purpurina que cubre el suelo cruje ligeramente con cada paso que dan, el aire huele a palomitas, a caramelo y a algo mucho más dulce que Violeta no consigue distinguir. Se queda un instante parada, mirando una señal que muestra varias flechas rodeadas por luces que apuntan en distintas direcciones, y, cuando echa a andar de nuevo, casi se choca con una persona que se le cruza corriendo. Es pequeña, lleva un mono de cuerpo entero estampado con rombos multicolores, y tiene la cara cubierta por una máscara blanca de arlequín. A su alrededor, vuelan un montón de pajarillos que parecen gorriones pintados de colores pastel, con plumas turquesa, lila y naranja. Violeta intenta ver qué hay debajo de la máscara, pero la persona no se detiene.

—No te distraigas o te perderás. —La mujer de los ojos negros está, de repente, de pie a su lado.

—Esos pájaros…

—*Coracias caudatus*.

—No sabía que había pájaros en los circos —dice Violeta, mientras echa a andar, de nuevo, al lado de la mujer.

—No sé cómo funcionan los circos. —La mujer mantiene la vista al frente y no aminora la marcha—. Aquí no puedes trabajar si no vienes recomendada por tu familiar.

—¿Por tu qué?

Pero ella ya no le está prestando atención. Se han detenido delante de la densa cortina de terciopelo rojo que cubre la entrada de la primera carpa, y Violeta por fin puede distinguir las figuras que había visto desde el otro lado: chicas y chicos, más o menos de su edad; la mayoría van muy arreglados, como si fueran a una fiesta o a un carnaval, con trajes de chaqueta de raso en tonos chillones, faldas de tul con lentejuelas y el pelo teñido de todos los colores. Por un momento, con su pelo castaño y su jersey de Gryffindor, se siente totalmente fuera de lugar. La mujer de los ojos negros debe notar su incomodidad, porque se gira hacia ella y le sonríe.

—No les prestes atención. La gente que no está segura de sus habilidades suele intentar compensarlo con su aspecto —dice, poniendo los ojos en blanco y haciendo una mueca.

Por primera vez desde que llegaron, Violeta se fija en su aspecto y se da cuenta de que no es nada especial; el vestido largo y azul, sin florituras, cae a sus pies con elegantes pliegues. El único adorno que lleva son un montón de diminutas piedras blancas desperdigadas por un pelo tan negro que parece una cascada de alquitrán plagada de diminutos diamantes.

—La verdad es que usted tampoco va vestida como... de circo.

La mujer se ríe, y su risa es suave como las notas de un xilófono.

—¡Ah! Claro, porque yo no trabajo aquí.

—¿Cómo?

Si la mujer contesta, Violeta no llega a oír la respuesta, porque en ese preciso momento se oye el tintineo de una campana y, a continuación, una voz que parece venir de todas partes y a la vez de ninguna.

—Atención, atención. ¿Esto está encendido? ¿Se me oye? Bueno, por favor, que todas las personas participantes vayan entrando a la carpa principal. Es la de la cortina roja, por si alguien no lo sabe. —Es una voz masculina; las palabras tienen un deje cantarín que hace que parezca que está riéndose mientras habla. Violeta no puede evitar pensar que es extrañamente agradable y tétrico a la vez.

—Bueno, parece que aquí es donde te dejo. —La mujer de los ojos negros le pone una mano en el hombro a Violeta y sonríe—. Cuento con que volveremos a encontrarnos, ¿vale?

—¿En la Academia?

—No, en otro lugar, cuando pases la audición.

Violeta frunce el ceño, pasea la mirada por su alrededor y no puede evitar la duda que le atenaza las tripas. No sabe por qué, pero la idea de no volver a ver a esta mujer cuyo nombre ni siquiera conoce la hace sentirse repentinamente triste, como si estuviera a punto de separarse de su mejor amiga.

—No creo que vaya a pasar la audición —admite.

—Tienes que pasarla, para que podamos volver a vernos —dice la mujer con determinación—. Solo escucha atentamente y sigue la canción.

Hay una conmoción en la puerta de la carpa; Violeta se gira para ver a la gente que se arremolina en torno a las pesadas cortinas rojas y, cuando vuelve a girarse, la mujer ha desaparecido.

Suspira y echa a andar hacia las cortinas, se une al último grupo de personas que se adentran por la ligera separación entre la pesada tela roja, y, durante un momento, el mundo a su alrededor se vuelve oscuro. Nota el terciopelo rozándole los dedos mientras avanza, y oye la purpurina que cruje bajo decenas de pisadas. A su alrededor, los demás aspirantes murmuran entre ellos, siente su presencia en algún lugar cercano, pero, por más que avanza a ciegas, en ningún momento se choca con nadie.

De repente, por encima de las pisadas y los murmullos y el crujir de la tela, la oye; la melodía que salía por debajo de la puerta de la Academia de Arte Dramático. No sabe por qué la oye aquí, ni de dónde viene, pero la reconocería en cualquier parte e, inconscientemente, acelera el paso hasta que una grieta de luz se hace visible entre la oscuridad y, de repente, la ciega.

La música es, por un instante, tan fuerte que llena por completo el aire a su alrededor y le retumba en los oídos. Nota que le recorre el cuerpo, que le enciende todos los nervios hasta que las ganas de moverse, de bailar, se vuelven casi insoportables, y entonces se detiene y se hace el silencio. Cuando abre los ojos, el mundo que la rodea es totalmente distinto al que dejó atrás.

El interior de la carpa es completamente blanco, desde las paredes hasta el techo. Todo parece estar cubierto de nieve, a excepción del suelo, que brilla multicolor como un mar de purpurina. Del techo cuelgan cientos de tiras de luces de colores, que se juntan en el centro y se expanden hacia los costados formando una red iridiscente. En el centro hay una tarima, y sobre ella una gran pérgola dorada, sujeta por cuatro pilares con intrincados diseños de notas musicales enlazadas, de cuyo techo caen cascadas de luces rojas que se derriten hasta el suelo y se abren en todas direcciones.

Violeta pasea la mirada a su alrededor y calcula que debe haber, al menos, unas treinta personas, todas removiéndose, inquietas, mirando de lado a lado con expresiones igualmente confusas. Por un lado, le alegra saber que no es la única que no tiene ni idea de lo que está pasando, pero, por otro, le gustaría que al menos alguien tuviera pinta de saber dónde están y lo que van a hacer. Le viene a la cabeza la repentina imagen de McGonagall guiando a los alumnos de primer año al Gran Comedor y, por un momento, se siente aliviada, hasta que recuerda que en este escenario no hay ni comida ni nadie que los guíe y el alivio desaparece tan rápido como había aparecido.

—Bueno, bueno, parece que ya está todo listo.

Es la misma voz que sonó cuando estaban fuera, y, de nuevo, parece venir de todas partes y a la vez de ninguna. Se alza un murmullo entre los presentes, treinta cabezas se mueven de lado a lado, buscando la fuente de la voz, pero sus ojos todavía no están acostumbrados del todo al blanco y a tantas luces, y eso, unido al hecho de que la voz no parece tener una fuente concreta, hace que sea casi imposible discernir siquiera la zona de la que procede. Hasta que, simplemente, aparece.

Violeta es la primera en darse cuenta; sus ojos casi pasan de largo cuando distingue una mancha amarilla de pie sobre la tarima, bajo la pérgola. Es un chico; lleva un traje de chaqueta amarillo chillón sobre una camiseta de rayas blancas y rojas. Su pelo forma una cresta roja que, desde lejos, parece fuego. Carraspea y, poco a poco, las cabezas se van girando hacia él.

—¡Qué pasa! —saluda, y su voz reverbera por la sala, rebota en las paredes y, de nuevo, parece venir de todas partes—. Soy Perxitaa, el maestro de ceremonias del Circo Tempo. ¡Os doy la bienvenida!

Se queda un momento en silencio, con una extraña sonrisa extendida sobre su cara pintada de blanco; parece que espera a que alguien diga algo, y, cuando no ocurre, simplemente se encoge de hombros y continúa.

—Si estáis aquí es porque habéis visto el cartel, ¿no? —Su sonrisa se ensancha y sus ojos se cierran casi imperceptiblemente, acentuando las dos franjas de pintura azul que los cruzan de lado a lado. Es una expresión que pretende ser afable, pero a Violeta le resulta ligeramente tétrica—. ¿O hay otra razón?

Suelta una sonora carcajada que hace eco, y su risa estalla como una explosión de fuegos artificiales. Su pregunta se queda colgando en el aire, y nadie sabe cómo responder.

—Bueno, bueno, vale, ya paro. No os asustéis, ¿eh? ¡Esto es el circo! —Pasea la mirada por la gente que se arremolina alrededor de la plataforma—. Ahora, las reglas: ¡no hay! —Suelta otra carcajada—. Bueno, sí las hay. A la derecha veréis una sala, e iréis pasando cuando os vayan llamando por vuestro nombre. Tenéis cinco minutos para prepararos, ya sabéis, poneros el atrezo o lo que sea, y luego ¡sorpresa!

Violeta no se había dado cuenta de que había una puerta a la derecha, y, cuanto más lo piensa y se fija en ella, más segura está de que no es que no se hubiera fijado, sino que no estaba.

—¿De dónde ha salido esa puerta? —pregunta en alto.

Todas las cabezas se giran hacia ella. *Vale, mala decisión.* Si nadie ha hablado desde que llegaron, a lo mejor ser la primera no ha sido su mejor plan, pero, en serio, ¿a nadie le sorprende que haya aparecido una puerta de la nada? En serio, ¿la vergüenza es más fuerte que la curiosidad? Tampoco es que ella tenga vergüenza ninguna, al final son años de experiencia en bloquear las opiniones de la gente, pero, hombre, ¿en serio?

Perxitaa se acerca al borde de la plataforma y se inclina hacia delante. Ahora que su atención está fija en ella, Violeta puede ver que sus ojos son muy verdes, tanto que resaltan como semáforos contra su piel pintada de blanco.

—Esa es una muy buena pregunta —dice, sonriendo—. ¡Es magia!

Violeta ladea el rostro y arquea una ceja. Él se echa a reír de nuevo.

—Qué interesante —dice, mientras su risa se apaga y su mirada se vuelve, por un momento, mucho más seria de lo que ha sido desde que apareció—. Qué persona tan interesante.

Parece que va a decir algo más, pero entonces la sala retumba con el tañido de una campana, y su expresión cambia de nuevo: sus labios vuelven a curvarse en una sonrisa, se pone muy recto y, cuando habla, su voz vuelve a tener ese deje cantarín que a Violeta le pone un poco los pelos de punta.

—Bueno, bueno, ¡adelante! ¿Estáis preparados? —Se coloca en el centro de la pérgola y pasea la mirada por el grupo de gente, hasta que, finalmente, se detiene sobre Violeta. Cuando vuelve a hablar, parece que le habla directamente a ella—. Os deseo mucha suerte.

Entonces desaparece.

CAPÍTULO 3:
La canción y la caja de música

La puerta se abre no mucho después de que Perxitaa haya desaparecido. Una voz desde el interior pronuncia un nombre, y, cuando la persona ha cruzado el umbral, se cierra sin hacer ningún ruido.

No es una espera larga, pero aun así a Violeta le sorprende la facilidad con la que gente que no se conoce de nada se acaba juntando sin razón aparente; el resto de los participantes ya han formado pequeños grupos que están desperdigados por la sala, y ella los observa desde lejos, sentada en el borde de la plataforma, abrazando su mochila contra el pecho. Durante un momento, se ve transportada de nuevo a su época de instituto, cuando sus compañeros de clase formaban grupos para hacer proyectos, o para los ejercicios en Educación Física, y ella se quedaba siempre en ese limbo extraño que es entrar en una sala con muchos asientos vacíos, y, a pesar de todo, saber que ninguno está reservado para ti. Es un poco la sensación que tiene ahora, que todas estas personas, aunque no pasen la audición, se llevarán al menos un nuevo amigo, y ella..., bueno, ella no se llevará nada.

¿Cómo puede sentirse tan fuera de lugar, y a la vez estar segura de que no hay otro sitio donde querría estar?

La puerta se abre de nuevo, ya solo quedan unas diez personas y Violeta ha perdido la noción del tiempo hasta tal punto que, cuando oye su nombre, tarda un rato en reaccionar. Baja de la plataforma de un salto y se dirige hacia la puerta con pasos dudosos. Nota el peso de las miradas a su espalda, se ve a sí misma, con su jersey de Gryffindor, su mochila de *La Bella y la Bestia*, y se imagina lo que pensarán: «¿Y esta tía tan rara qué hace aquí?». Ella también lo piensa, un poco más con cada paso que da: «¿Qué haces aquí?, ¿de verdad piensas que vas a pasar la audición?, ¿para qué has venido? No pienses eso, no vayas por ahí, no...».

—Hola.

Violeta se ve arrastrada a la realidad por una voz muy suave, como de niña. Cuando dirige la mirada hacia la fuente del sonido, se da cuenta de que, efectivamente, esperándola al otro lado de la puerta hay una niña, la misma con la que se cruzó cuando llegó, con su máscara de arlequín y su mono de rombos de colores. No puede verlos, pero oye a los pájaros cantar en algún lugar tras ella.

—Eh..., hola.

—¿Violeta?

—Sí.

—Sígueme, por aquí.

La niña se da la vuelta sin dedicarle una última mirada, y Violeta cruza el umbral para seguirla. Le gustaría poder verle la cara, pero lo único que se vislumbra bajo la máscara dorada son unos ojos castaños e inexpresivos. Mientras la sigue, puede ver que lleva su espesa melena pelirroja recogida en una coleta alta de la que cuelgan un montón de campanillas que tintinean cuando se mueve. Por mucho que busca, no consigue averiguar dónde se engancha la máscara, y eso le da un cierto mal rollo que hace que la recorra un escalofrío involuntario.

Cuando deja de mirar a la niña y se fija en su alrededor, se da cuenta de que el pasillo, a pesar de parecer totalmente oscuro cuando se mira desde fuera, en el interior es todo lo contrario: las paredes son oscuras, pero están salpicadas de pequeños puntos de color que se mueven en todas direcciones y confluyen en el techo, que es… Violeta nunca ha visto nada igual; el techo del pasillo, que se extiende hasta mucho más de lo que alcanza a ver, es un largo caleidoscopio de tonos rosas, rojos, morados, amarillos y azules que no dejan de moverse y crear cientos de formas distintas, que, de alguna manera, parecen moverse con ella, a cada paso que da.

Tiene muchísimas preguntas, quiere saber qué es, cómo se consigue ese efecto, de qué está hecho, pero se muerde la lengua y se obliga a quedarse callada.

—Puedes preguntar —dice la niña, con voz queda.

En algún momento, mientras Violeta estaba ocupada mirando al techo, los pájaros se les han unido, y ahora vuelan a su alrededor, piando alegremente, mientras sus plumas imitan las mismas formas y colores que el techo.

—¿Cómo?

—Por el techo. Quieres preguntar, ¿no?

—No, no, yo, es solo que…

—¿Te da miedo hablar?

Violeta se detiene en seco y se queda mirándola, pero la niña sigue avanzando sin ni siquiera girarse. No es hablar lo que le da miedo, lo que le da miedo es…, bueno, lo de siempre, que sus palabras no sean las correctas, que lo que en su cabeza tiene sentido y suena bien no lo tenga ni suene bien al salir al mundo real, porque ya le ha pasado muchas veces antes, eso de decir algo y que la miren como si fuera… diferente, por decirlo de alguna manera.

Aunque ahora mismo, tampoco es que tenga nada que perder.

—¿Cómo se consigue que el techo sea así? —pregunta finalmente.

La niña se gira ligeramente hacia ella y se encoge de hombros.

—No lo sé —dice, y Violeta se fija en que su voz es suave y un poco ronca, sus ojos parecen demasiado grandes bajo la máscara, tan blanca y lisa que debería darle un aspecto tétrico y, sin embargo, no hace más que acentuar el aire infantil que despiden sus pasos y la manera en la que se mueve.

Y Violeta no puede evitarlo, lo intenta, pero no puede.

—Ay, eres *adorablísima* —dice, y estalla en un ataque de risitas.

Entonces ocurre algo extraño. La niña se detiene y se gira a mirarla, pero, con la cara cubierta al completo por la máscara, es imposible ver su expresión, aunque Violeta se la puede imaginar; una mueca, el ceño fruncido. «Qué tía tan rara», estará pensando. Y, sin embargo, a pesar de todas las malas reacciones que se le pasan por la cabeza, cuando observa sus ojos, le da la sensación de que sonríe.

—Eres rara —murmura, mientras echa a andar de nuevo, y es la primera vez en su vida que Violeta oye la palabra como si fuera un cumplido.

Se detienen al final del pasillo, ante unas densas cortinas de terciopelo rojo, muy parecidas a las de la entrada. Al otro lado de la tela no se oye ningún ruido, y no puede evitar preguntarse cómo es posible que haya tantísimo silencio en un circo.

—¿Qué tengo que hacer? —pregunta cuando la niña se vuelve a mirarla.

—Tienes cinco minutos para prepararte —dice—. Cuando pasen, el maestro de ceremonias vendrá a buscarte y empezará la audición.

—Vale, pero… ¿qué tengo que hacer? En la audición, me refiero. No nos han dicho nada y…

La niña se encoge de hombros.

—No lo sé.

Violeta no se lo cree, pero decide que es mejor no seguir preguntando. La niña se gira para marcharse, pero, justo antes de desaparecer entre las cortinas, se detiene e inclina la cabeza hacia un lado.

—Buena suerte.

Su tono es plano, pero sus palabras, de alguna manera, son reconfortantes.

Violeta no ha traído mucho atrezo, la verdad. No sabía qué esperar, así que lo único que ha metido en la mochila, más allá de las cosas básicas como el móvil o la cartera, son su enorme sombrero en forma de flamenco rosa y la varita de Luna Lovegood. Ninguna de estas cosas le sería muy útil en una audición normal, pero, como no sabe ni para qué es esta audición, supone que son tan buenas como cualquier otra cosa.

La cortina se abre sin previo aviso y ahí, delante de ella, está Perxitaa, con su elegante traje de chaqueta amarillo chillón, la cara totalmente blanca y los ojos, grandes y verdes, fijos en ella. Durante un momento, nadie dice nada, y Violeta es dolorosamente consciente del espectáculo tan extraño que debe dar, ahí de pie con su jersey de Gryffindor, el enorme sombrero de flamenco y la varita en la mano. Mentalmente, se arrepiente de todas las decisiones que la han llevado hasta este momento.

—Así que por fin es tu turno —dice él de repente—. La curiosidad me estaba matando.

Violeta frunce el ceño ligeramente, confusa.

—¿Por qué?

—Porque sí. ¿Por qué tiene que haber una razón? Bueno, ya estás aquí, así que pasa, pasa, tu audición va a comenzar.

Se coloca tras ella y empieza a empujarla hacia las cortinas, pero Violeta planta los pies en el suelo, alarmada.

—Espera, espera, no sé lo que tengo que hacer. ¿Tengo que cantar?, ¿actuar?, ¿no me das un guion?, ¿algo que…?

Perxitaa se ríe, sin dejar de empujarla.

—¿Un guion? ¡Qué ideas! ¡Un guion! Nadie que siga un guion podría pasar la audición.

—Vale, no hay guion. Espera, deja de empujarme, no me has dicho qué tengo que hacer, qué…

Pero es demasiado tarde; en el momento en el que levanta un pie para girarse, él aprovecha para empujar más fuerte y Violeta trastabilla hacia delante, enredándose con la pesada tela y aferrándose con fuerza para no perder el equilibrio. Cuando por fin está segura de que no se va a caer, mueve los brazos en todas las direcciones para liberarse y avanza hasta que nota que el aire vuelve a correr con normalidad y no está atrapada. Se asegura de que el sombrero sigue en su sitio, se aparta un mechón de pelo de la cara y respira hondo, estirándose y alzando la mirada.

Es un enorme escenario, como el de un musical. Hay grandes focos encendidos que iluminan la plataforma, y frente a ella, filas y filas de butacas que se pierden hacia arriba y los costados. Camina lentamente hacia el centro, estudiando su alrededor; a su espalda, el fondo está cubierto desde el suelo al techo con lámparas de papel de todos los tamaños, colores y formas: pájaros, elefantes, leones y jirafas que despiden un tenue brillo multicolor y se pierden en la oscuridad que se cuela desde los costados. A la derecha, una cortina de luces tras la cual no se ve nada, y a la izquierda, la cortina por la que ella ha entrado ha desaparecido, para dejar en su lugar una pared negra y lisa.

Se detiene en el centro de la plataforma, justo debajo de uno de los focos, y respira hondo.

—Bienvenida, Violeta. —A estas alturas ya reconoce la voz de Perxitaa, aunque no pueda verlo—. ¿Estás lista?

«No lo sé», piensa Violeta.

—Sí.

—Bien, bien. Entonces adelante, escucha atentamente y sigue la canción.

Violeta se paraliza. Ya ha oído esas palabras antes, pero, al igual que la primera vez que las escuchó, no tiene ni idea de qué significan. ¿Que le preste atención a qué? ¿Qué canción? ¿Qué...?

Y entonces la oye, la melodía que salía por debajo de la puerta de la Academia de Arte Dramático. Reconoce cada una de las notas, cada diminuto cambio de sonido, todo le resulta extraño y a la vez increíblemente familiar. Nota un cosquilleo en las puntas de los dedos, cómo se le encoge el estómago y se le cierra la garganta. El familiar miedo a no ser capaz, a no ser suficiente... ¿Por qué pensó que podría hacerlo? No puede. No puede. «Pero... conozco esta canción —piensa—. La conozco como si fuera... un recuerdo. Presta atención. Presta atención. ¿Qué viene ahora? ¿Qué es lo que falta?.»

La música lo cubre todo, como una nevada. La siente caer suave sobre sus hombros, enredársele en el pelo, llenar el aire hasta que es lo único que puede oír. *La letra, falta la letra…* Lentamente, separa los labios y empieza a cantar.

—***Hay un lugar al borde del mundo, tierra de nadie, donde al exilio van a parar…*** —«¿Cómo sigue? Ah, sí...»— … ***los que no encajan en el molde asignado y ahí no hay nadie que sepa cantar.***

No sabe de dónde salen las palabras, por qué llegan con tanta facilidad a sus labios, como si las conociera de memoria, pero, cuando la melodía se disipa y el eco de las últimas notas reverbera en el aire a su alrededor, se siente inexplicablemente tranquila.

Silencio. Durante un momento, puede oír el suave tamborileo de sus latidos contra su pecho, el sonido de cada inhalación y los restos de la melodía que aún se aferran a las comisuras de sus labios.

Entonces, alguien aplaude, y los aplausos rebotan en las paredes como petardos, haciéndola pegar un respingo.

—¡Dios!

—Lo siento, lo siento. Eso ha sido… No me lo esperaba —dice Perxitaa, caminando hacia ella. De dónde ha salido, Violeta no tiene ni idea—. Has continuado la canción.

—Es lo que dijiste que hiciera.

El payaso se pone serio un momento, y luego estalla en carcajadas.

—Es verdad, es verdad. Lo has hecho… muy bien. Sí, lo has hecho muy bien, parece que ella tenía razón. —Le dedica una amplia sonrisa y hace una señal hacia la cortina de luces—. Bueno, vamos, no hay tiempo que perder.

—Espera, espera. Todavía no me has explicado nada. ¿He pasado la audición? ¿Qué viene ahora?

Él se gira hacia ella, se lleva las manos a las caderas y se pone muy recto, mirándola con expresión solemne.

—Es verdad, lo siento. Bien. ¿Cómo empiezan estas cosas? Vale, a ver. Violeta, has pasado la audición para salvar la música, felicidades, ahora tienes que venir conmigo.

—¿Qué?

—¿No me he explicado bien?

Violeta le lanza una mirada incrédula.

—No, para nada, ahora entiendo menos que antes.

—Vale, vale, te lo explicaré mejor por el camino. Nos están esperando y yo nunca llego tarde a los sitios, ¿sabes? Pero, como tú has tardado en llegar, ahora vamos con retraso.

Echa a andar hacia la cortina de luces sin esperar respuesta, así que Violeta suspira y lo sigue; sea como sea, ya está aquí, y todo lo que ha pasado desde que llegó ha sido lo bastante raro como para que su curiosidad no le permita darse la vuelta ahora. Aunque no esté totalmente segura, por las palabras de Perxitaa entiende que ha pasado la audición, así que esto es lo que estaba esperando, ¿no? Sea lo que sea lo que venga a partir de ahora, es la razón por la que ha venido, así que abandonar no es una opción.

—El objetivo de la audición era encontrar a quien conociera la canción —explica Perxitaa, mientras aparta la cortina de luces con una mano para dejar pasar a Violeta—. Ha sido un proceso muy largo. ¿Sabes cuántas personas quieren trabajar en un circo? ¡Muchas! Viendo la manera tan aburrida en la que vivís las personas de este mundo, nunca lo hubiera imaginado. Me dan un poco de pena todas las personas a las que hemos tenido que rechazar porque no se sabían la canción. —Sus labios se curvan en una sonrisa que roza la malicia—. Bueno, la verdad es que no.

Violeta está cada vez más confusa, pero ya se ha dado cuenta de que Perxitaa no le va a explicar nada de una manera que pueda tener sentido para ella, así que decide preguntar cosas más prácticas.

—Y, ahora, ¿qué tengo que hacer?

—Ahora nos vamos.

Bueno, lo ha intentado.

Sigue a Perxitaa en silencio por otro pasillo idéntico al pasillo por el que llegó al escenario, con los infinitos colores del caleidoscopio danzando sobre sus cabezas y la purpurina crujiendo bajo sus pies. Este pasillo, sin embargo, es mucho más corto y desemboca directamente en…

—¿Qué es esto?

—Un jardín.

Violeta pone los ojos en blanco. No está segura de si Perxitaa está vacilándola o si es que realmente piensa que sus respuestas son adecuadas, pero, sea cual sea el caso, la está poniendo de los nervios.

—Ya me he dado cuenta —dice.

Se gira para ver por dónde han llegado, pero el pasillo ha desaparecido, y lo único que hay a su alrededor son altísimos árboles que los rodean por completo y casi oscurecen el cielo. Un cielo en el que, por cierto, el sol resplandece como si fuera… de día. Violeta se saca el móvil del bolsillo y mira la hora, confusa. Cuando entró al circo eran las siete de la tarde, y está segura de que han pasado al menos tres horas, pero la pantalla del móvil marca las ocho y cuarto. Esto no tiene ningún sentido.

—Oye, aquí hay algo raro —dice, caminando hacia Perxitaa, que está de pie al borde de un gran estanque rodeado de piedras de colores que parecen resplandecer bajo la luz del sol—. Debería ser de noche, pero… Se me ha parado el reloj del móvil, no sé qué hora…

Él se gira a mirarla y arquea las cejas, como si estuviera sorprendido.

—¿De noche? —Alza la vista hacia el cielo, entrecerrando los ojos—. Pero si es de día.

—Ya me he dado cuenta —repite Violeta, mordiéndose el labio inferior—. Lo que no entiendo es por qué es de día cuando debería ser de noche.

—Ah, ya, eso... Bueno, aquí el tiempo no pasa como en el otro lado… ¿Cómo te lo explico? Tú has entrado por la puerta del circo, ¿verdad?

Violeta se sienta en un banco de piedra que hay bajo un arco de rosas multicolor. Decide no preguntarse cómo es posible que las rosas parezcan estampadas con un arcoíris, y se limita a mirar al chico ante ella de brazos cruzados.

—Verdad.

—Bueno. La carpa principal, por donde tú has entrado, estaba en tu lado del mundo, y el tiempo transcurría como sea que transcurra el tiempo en tu lado del mundo. —Camina de un lado a otro, gesticulando mucho con las manos y mirando a todas partes—. Luego pasaste al pasillo y llegaste al escenario, ¿no? El pasillo es como un… intermedio entre tu mundo y el nuestro, y ahí el tiempo no existe, así que es probable que tu aparato de… —gesticula hacia el móvil que Violeta aún tiene en la mano—, que tu aparato de calcular el tiempo, o lo que sea, se haya detenido porque no había tiempo que calcular. ¿Me sigues?

«Sí. No. No entiendo nada.» Violeta se pregunta si estará soñando. No encuentra nada que decir, así que se limita a asentir.

—Bien, pues una vez que saliste del pasillo, llegaste al escenario; lo recuerdas, ¿no? El escenario ya no pertenece a tu mundo, sino al nuestro, así que, aunque el tiempo volvió a correr, lo hizo de manera diferente, por eso tu aparato no ha vuelto a funcionar.

—¿Estás diciendo que el tiempo en... tu mundo funciona de manera diferente? —Quizá no sea la pregunta más inteligente que podía haber hecho, pero no logra evitar estar cada vez más confusa, así que hará lo que pueda para intentar entender lo máximo posible.

—No exactamente. —Perxitaa se detiene ante ella y se lleva una mano enguantada a la barbilla en expresión pensativa—. El funcionamiento es el mismo, solo que... a velocidades diferentes. Lo que quiero decir es que no van a la par. ¿Sabes? Es una de las cosas que hacen que moverse entre mundos sea un fastidio tan grande.

Violeta siente unas irreprimibles ganas de echarse a reír. Respira hondo y se muerde el interior del carrillo, intentando contenerse. No es que la situación le haga gracia, aunque a veces, cuando se pone nerviosa, le entra la risa. Tampoco es que esté nerviosa, exactamente, pero la situación es tan extraña, tan increíble, que le parece que sus nervios están a flor de piel y que en cualquier momento se le despegarán del cuerpo.

—¿Estoy soñando? —pregunta por fin—. Si estuviera soñando, habría algo en mi entorno que no encajaría —murmura mientras se quita la mochila, la deja en el banco a su lado y se pone de pie.

Echa a andar por el jardín, paseando la mirada de un lado a otro con detenimiento: el espacio es grande, pero, a través de la masa de árboles que lo rodean, no puede encontrar ni una salida ni una entrada. En el centro está el estanque donde se detuvo Perxitaa, rodeado de piedras de colores que se encuentran colocadas en un círculo perfecto. El agua del estanque es tan nítida que puede ver claramente que tanto el fondo como las paredes son de cuarzo rosa, tallado de tal manera que, al recibir la luz del sol que pasa por el agua, parece iridiscente. Un estanque de cuarzo rosa iridiscente es extraño, pero ha visto cosas más raras aún.

A continuación, dirige su atención a los arcos que rodean el estanque; son estructuras de metal cubiertas por completo de enredaderas de varios tipos: pasiflora, dama de noche, flores de jazmín blancas y rojas… Que ella sepa, las flores de jazmín solo son blancas, pero con las flores nunca se sabe, ¿no? Es raro, aunque puede tener su explicación. Bajo los arcos hay bancos de piedra como en el que ella estuvo sentada, cada uno tallado de manera diferente; algunos grandiosos y elaborados como el trono de una reina, otros simples, solo piedra sobre piedra, con respaldo y sin respaldo, con intrincados diseños de notas musicales y partituras o tan lisos que la piedra pulida resplandece. Son bonitos, seguro que elaborarlos ha llevado mucho trabajo, pero no es nada que no se pueda hacer.

Se gira a mirar a Perxitaa, de pie junto al estanque, observándola con los brazos cruzados sobre el pecho en pose relajada. Todo él, desde la cara pintada de blanco y el traje amarillo chillón, pasando por la cresta roja hasta sus ojos imposiblemente verdes, destaca como si acabaran de sacarlo de…, bueno, de otro mundo.

—Creo que estoy soñando —sentencia Violeta finalmente, acercándose al banco donde dejó sus cosas y volviendo a ponerse la mochila—. Así que me voy a quedar aquí hasta que despierte.

Perxitaa hace una mueca y, por primera vez desde que lo conoce, parece ligeramente molesto.

—Esto no es un sueño —dice—. Y, aunque lo fuera, ¿qué vas a hacer? ¿Quedarte aquí esperando a qué? ¿No te has divertido hasta ahora? ¿Cómo sabes que lo que está por venir no va a ser aún más divertido?

Violeta se muerde el labio. ¿Se ha divertido? No lo había pensado, pero supone que la respuesta es que… sí. Todo lo que ha ocurrido desde que cruzó aquellas cortinas rojas ha sido más de lo que hubiera podido esperar, más de lo que le ha pasado nunca, y además está la canción. Mentiría si dijera que no siente curiosidad por saber cómo sigue la canción. Y por qué es ella, de entre todas las personas que se presentaron a la audición, quien se la sabe.

Si hay una posibilidad de que lo que está por venir sea aún más divertido, aún más interesante, ¿no vale la pena intentarlo? Si su otra opción es volver al lugar del que ha venido…, ¿no sería mejor quedarse aquí, en este lugar tan extraño donde siente que encaja de una manera en la que no lo ha hecho nunca?

—En el caso de que decidiera seguir adelante —dice, lanzándole una mirada—, ¿qué tendría que hacer?

La sonrisa de Perxitaa se expande y sus ojos brillan con emoción. Se acerca casi dando saltos hasta quedar de pie frente a ella. Le coge una mano con cuidado y la pone boca arriba; luego, con extrema delicadeza, le coloca un objeto pequeño y redondo sobre la palma abierta.

Violeta sujeta el objeto con cuidado y lo alza para verlo más de cerca: es una caja de música en forma de cerdito, con la cola doblada de manera que sirva de manija para darle cuerda, pero hay algo extraño. La mira a contraluz, le da vueltas para verla desde todos los ángulos, y se da cuenta de que le faltan partes; hay un hueco donde debería estar el morro, y le faltan patas y partes del cuerpo, que dejan agujeros a través de los que se ven los engranajes del interior.

—Está rota —murmura.

—No —dice Perxitaa—. Está incompleta.

Violeta alza la mirada hacia él, con los ojos cargados de preguntas que no sabe cómo poner en palabras.

—Tu misión es encontrar las partes que faltan para poder terminar la canción, y para eso tenemos que salir de aquí y llegar a Capella, donde ella nos está esperando.

«¿Quién es ella? ¿Dónde estamos ahora? ¿Cómo salimos? ¿Dónde está Capella? ¿Y qué hacemos cuando lleguemos allí?»

—Vale —se limita a decir Violeta, suspirando—. ¿Qué hago?

—Dale cuerda y canta.

Violeta vuelve a mirar la caja de música que descansa sobre la palma de su mano. Toma aire y, con cuidado, empieza a hacer girar la cola del cerdito, muy lentamente. Puede ver cómo los engranajes del interior empiezan a moverse, y, poco a poco, nace una melodía que a estas alturas ya conoce de memoria.

—Hay un lugar al borde del mundo, tierra de nadie, donde al exilio van a parar los que no encajan en el molde asignado y ahí no hay nadie que sepa cantar…

Con cada palabra, Violeta se va sintiendo cada vez más cansada, como si la caja de música utilizara su energía para funcionar. Nota cómo le tiemblan los brazos y le fallan las piernas, y con cada inhalación que hace desaparecen un poco más sus fuerzas, hasta que apenas puede mantener los ojos abiertos. Cuando la melodía muere, deja de cantar e, incapaz de mantenerse más tiempo en pie, siente que se cae.

Espera estrellarse contra el suelo, pero el impacto nunca llega; en vez de eso, nota un par de brazos que la sujetan con cuidado y una voz que parece venir de todas partes y a la vez de ninguna.

—Lo has hecho muy bien —dice la voz, con ese deje cantarín que hace que parezca que se está riendo, y que a Violeta le resulta ya extrañamente familiar—. Espero que el viaje no te mate.

Violeta quiere moverse, quiere protestar, pero su cuerpo parece haberse desconectado, y al final se conforma con aferrar con fuerza las tiras de su mochila y dejarse llevar. Después de todo, este es su sueño, así que no puede morir.

Al menos, eso espera.

Está rota...
No, está incompleta.

CAPÍTULO 4:
El mundo sin música

Violeta está sentada en el suelo, con la espalda apoyada contra la puerta de la sala de música.

Al otro lado, en el pasillo, oye las voces de sus compañeros de clase; no son siempre las mismas: a veces son chicos y, otras veces, chicas; unas las reconoce, otras no. Algunas pertenecen a personas que consideraba amigas; otras, a gente que nunca ha fingido que les cayera bien. Al final no importa, porque todas dicen lo mismo, y todas duelen por igual.

—Otra vez se ha saltado una clase, seguro que está escondida en la sala de música leyendo *Harry Potter* o algo parecido, la friki.

—No le dicen nada porque la profesora de Música siempre la defiende.

—Se cree que va a ser cantante o algo así, como si pudiera.

—Qué ilusa.

—Es rara.

Toma aire profundamente y aprieta los puños; nota cómo las lágrimas se le agolpan tras los ojos, pero se niega a llorar.

No aquí, en este lugar lleno de instrumentos donde nada puede hacerle daño. Cierra los ojos y empieza a tararear una canción, tan bajito que apenas puede oír su propia voz.

—*Esta es mi pequeña aldea, un lugar cada día igual*...

Las voces desaparecen, el suelo bajo ella ya no existe; por un momento, está flotando en un lugar agradable y cálido donde nada puede alcanzarla. Le gustaría poder quedarse allí para siempre, sin tener que oír lo rara que es, lo imposibles que son sus sueños, lo crédula que parece si piensa que... ¿Qué es eso? Música. Una melodía que reconoce y, luego, una voz.

—¿Ya te rindes?

—¿Por qué no? Estoy muy cansada...

—Porque te estoy esperando. Todavía falta un tiempo, pero, si te das por vencida ahora, nunca llegará.

—No entiendo, no entiendo nada, ¿quién...?

—Te estoy esperando, ¿vale? Tienes que aguantar hasta que nos encontremos.

Cuando abre los ojos, ya no está en la sala de música.

Parpadea varias veces para acostumbrarse a la luminosidad del ambiente, mueve los dedos de las manos, también los pies y las muñecas. Cuando siente que todo su cuerpo está despierto, se incorpora lentamente hasta quedar sentada y abre completamente los ojos.

Está sentada en el suelo, con la espalda apoyada contra el tronco de un árbol. Ante ella se extiende una explanada verde salpicada de árboles altos y frondosos, que va desapareciendo conforme el número de árboles aumenta hasta convertirse en un bosque denso y oscuro cuyo interior Violeta no consigue ver. Pasea la mirada por su alrededor y encuentra su mochila a un lado, apoyada contra su costado. La explanada se extiende en todas las direcciones, rodeada de montañas cuyos colores se entremezclan: verdes, rojos, amarillos y rosados, dibujando patrones que recorren hasta donde se pierden en la distancia. Los colores son muy vivos, demasiado quizá, y se mezclan de maneras que parecen totalmente antinaturales. Al observarlos, Violeta se pregunta si estará soñando. Si está soñando…, ¿quiere decir que se ha quedado dormida en la sala de música? No puede ser, es un recuerdo de hace mucho tiempo. Y esa voz…

—¡Has despertado!

Violeta se gira con tanta rapidez que le da un tirón en el cuello y suelta un quejido.

—Lo siento, lo siento, no quería asustarte.

—No pasa nada, es que no esperaba… —Mueve los ojos de lado a lado, buscando a la dueña de la voz, pero parece que, en la explanada, aparte de ella solo hay…—. Un cerdo.

El pequeño cerdito que está sentado ante ella arruga el morro y su expresión parece tornarse molesta.

—No hace falta que lo digas en ese tono.

Violeta gira la cabeza a ambos lados, pero no importa hacia dónde mire; es obvio que allí no hay nadie más que el cerdo y ella. Toma aire profundamente y vuelve a mirar al animal; es muy pequeño, tiene el pelo negro y los ojos, grandes y oscuros, están clavados en ella de una manera que hace que se sienta ligeramente incómoda.

—Hey —murmura, en el tono más suave del que es capaz, mientras estira la mano hacia el animal—. ¿Te has perdido?

—¿Seguro que no eres tú la que está un poco perdida?

Violeta pega un respingo y se pone de pie, casi tropezándose con las raíces del árbol, que sobresalen ligeramente de la tierra.

—Vale, ya está bien. ¿Quién anda ahí? Esto ya no tiene gracia…

—Puede que no tenga el mismo aspecto, pero ¿de verdad que no reconoces mi voz?

—No, no sé… —El recuerdo le viene a la mente como una tormenta. Una melodía, una voz que le dice que la está esperando, que volverán a encontrarse, y de repente… unos ojos negros como el cielo de medianoche y una sonrisa que parecen llevar mucho tiempo esperándola.

El cerdito hace un sonido parecido a un bufido y camina hacia Violeta, poniéndose en pie sobre sus dos patitas traseras y apoyando las delanteras sobre sus piernas. Alza la cabeza hacia arriba y vuelve a clavar en ella sus ojos oscuros.

—La Academia de Arte Dramático —dice la voz, y, por primera vez, Violeta se permite pensar que, tal vez, es el animal quien está hablando—. Fui yo la que te llevó hasta el circo.

—¿Tú eres…, eres tú la mujer de la Academia?

La cerdita asiente varias veces y deja caer las patas al suelo.

—Sé que esta forma es diferente, pero debe ser el animal con el que tienes más afinidad —dice—. No sé por qué te asusta tanto.

Violeta quiere decir algo. Como que, por ejemplo, es totalmente normal que una se asuste cuando se despierta en un lugar que no conoce, con un animal parlante como única compañía. De alguna manera, sabe que eso podría ofender a la mujer de los ojos…, a la cerdita, así que intenta pensar en alguna manera mejor de expresarse, pero oye otra voz que también le es tremendamente familiar.

—Veo que has despertado. ¡Menos mal! No las tenía todas conmigo de que sobrevivieras al viaje.

—¡Cómo puedes decir eso! —exclama la cerdita.

Violeta pasa la mirada de Perxitaa, que acaba de llegar, a la cerdita, y luego de nuevo a Perxitaa.

—Creo que hay muchas cosas que has olvidado explicarme —dice, cruzándose de brazos.

—No quería perder el tiempo contándote toda la historia en el caso de que, bueno, ya sabes, no llegaras hasta aquí. —Su tono de voz es tan alegre, y le dedica una sonrisa tan grande, que Violeta no es capaz de discernir si la está vacilando o si está diciendo la verdad.

Está a punto de soltarle un comentario del que, seguro, se arrepentirá más tarde, cuando la cerdita se interpone entre ellos.

—¿Qué te ha contado? —le pregunta a Violeta, mirándola con seriedad.

—Que he pasado la audición porque me sabía la primera estrofa de una canción, y que tengo que encontrar las partes que faltan de una caja de música para poder terminarla.

La cerdita se gira a mirar a Perxitaa y, más rápido de lo que Violeta imaginó que podría moverse, corre hacia él y le hace un placaje en la pierna con su pequeña cabeza. No parece lo suficientemente fuerte como para provocar realmente daño, pero el payaso hace una mueca igualmente, y se deja caer sentado al suelo.

—¿A qué ha venido eso, Ruper?

—¡Eres un mensajero terrible! ¡Terrible! No sé cómo la Bruja se fía de ti. —La cerdita se gira hacia Violeta—. Siéntate, ya te lo cuento yo. Mi nombre es Ruperta, por cierto, creo que no me había presentado.

Violeta se arrodilla frente a ella con cuidado, y estira una mano para coger la patita que Ruperta intenta tenderle.

—Eres *adorablísima* —murmura Violeta, sin poder reprimir una sonrisa—. Es un placer, Ruperta.

Ruperta parece venirse arriba con el comentario y mueve la cabeza en señal de aprobación, luego se sienta frente a Violeta y empieza a hablar, ignorando la mirada divertida que le lanza Perxitaa.

—Bueno, voy a empezar por el principio para no dejarme nada. Imagino que Perxitaa te ha contado que no estamos en el mismo mundo del que tú provienes, ¿no? —Violeta asiente, así que Ruperta continúa—. Estás en Ceol. Ahora lo ves así de bonito, pero hace muchos años no era más que un páramo desierto donde reinaba el caos; era como un… vertedero, al que venían todos los desterrados de los otros mundos, ya sabes, la gente rara que no encaja en ninguna parte y no tiene adónde ir.

—Puedo entenderlo —murmura Violeta, sin poder contenerse.

La oscura mirada de Ruperta parece volverse más amable, y su voz, cuando continúa, es extremadamente suave, casi como un arrullo.

—La leyenda cuenta que un día apareció una mujer que conocía la melodía de las cosas, y gracias a ello pudo darle forma a los siete males que plagaban el mundo. A cada uno de esos males le otorgó un sonido y un nombre, y le dio una misión: velar por cada uno de los siete reinos que formaban el continente. Esa es la mujer que nos ha mandado a buscarte, la Bruja Melodía. Gracias a ella, Ceol se convirtió en lo que ves ahora. Ella le enseñó a la gente a escuchar la melodía de las cosas, y así poder utilizar su magia.

—¿La melodía de las cosas?

—Como la caja de música —interviene Perxitaa. Se ha echado hacia atrás y ahora está tumbado con los ojos cerrados y los brazos tras la nuca—. Tú conoces su melodía, o sea que su magia respondió ante ti. Así es como llegamos aquí, porque al cantar la canción fuiste capaz de abrir un portal.

—Pero no basta con conocer la melodía —añade Ruperta—. Utilizar la magia requiere mucha energía.

—Me podías haber avisado. —Violeta le lanza una mirada acusadora a Perxitaa, que se limita a sonreír y a encogerse de hombros sin siquiera abrir los ojos.

—No podía arriesgarme a que te negaras.

Violeta frunce el ceño, y está a punto de lanzarle su mochila cuando Ruperta hace un sonido, como un carraspeo, reclamando su atención.

—Yo confiaba en ti —dice—. Sabía que podías hacerlo.

—Pero ¿por qué yo? ¿Qué es lo que tengo que hacer?

—Ceol se está muriendo. La gente está olvidando la música y las melodías de los guardianes han desaparecido, lo que significa que han vuelto a corromperse.

Perxitaa se incorpora hasta quedar sentado y mira a Violeta con una seriedad que no ha visto en él desde que se conocen, y que no encaja en absoluto con su cara pintada de blanco.

—La Bruja está cada vez más débil y cree que, si las cosas siguen así, ella también acabará corrompiéndose, así que se ha encerrado en la sala del trono y nos ha mandado a buscar a… ¿Cómo se dice? Un héroe.

Violeta se muerde el interior del carrillo, mira sus manos y ve que tiene los nudillos blancos por la fuerza con la que aferra el borde de su jersey. Hasta ahora no había caído, pero ha hecho todo este viaje con el jersey de Gryffindor y el sombrero de flamenco. ¿Qué pintas son esas para un héroe?

—Yo no soy un héroe —dice.

—¿Cómo lo sabes? —pregunta Ruperta—. Todavía no lo has intentado.

—Creo que os habéis equivocado de persona —insiste, aunque cada palabra hace que se le encojan las tripas y le den unas irreprimibles ganas de llorar—. Yo no puedo…

—Imposible —la corta Perxitaa, alzando una mano como señal para que se detenga—. No te hemos elegido nosotros, te ha elegido la canción.

—Y la melodía nunca se equivoca —añade Ruperta—. Tú escuchaste la melodía y la seguiste. No todo el mundo lo hace. Las personas, por lo general, se asustan cuando algo tira de ellas en dirección contraria a la que se supone que tienen que ir, pero tú...

—Yo no tenía ningún lugar al que ir —dice Violeta, apartando la mirada—. Soy como esa gente de la que habéis hablado, la que no encaja en ninguna parte.

Perxitaa suelta una carcajada sonora que parece retumbar a su alrededor, como si el aire que los rodea pudiera crear eco.

—Entonces parece que estás exactamente donde tienes que estar, ¿no?

«Ojalá no sea un sueño —piensa Violeta mientras pasea la mirada por el colorido paisaje—. Ojalá no sea un sueño, pero, si lo es..., entonces quiero aprovecharlo al máximo, hasta que despierte.»

—Vale —dice finalmente—. ¿Qué tengo que hacer?

—Lo primero que hay que hacer es encontrar las piezas que le faltan a la caja de música —dice Ruperta—. No... La verdad es que no sé muy bien por dónde empezar —admite—. Mi plan llegaba solo hasta encontrarte y traerte aquí.

—¡Terrible! —exclama Perxitaa, en una mala imitación de su voz—. Eres un familiar terrible.

Ruperta le lanza una mirada asesina, al menos todo lo asesina que puede llegar a ser la mirada de un animal tan adorable.

—¿Y cuál es tu plan, si es que tienes uno?

—De hecho, lo tengo, lista —dice él, poniéndose en pie y sacudiéndose la hierba del elegante traje amarillo—. Estamos a las afueras de Capella. Primero, tenemos que ir a buscarle a Violeta una ropa un poco menos... llamativa, y luego preguntaremos en la ciudad. Si su guardián ha desaparecido, lo habrán notado, y seguro que encontramos alguna pista.

—No es un mal plan —dice Violeta, imitándolo—, pero tampoco es una locura.

Él se encoge de hombros.

—¿Tienes alguna idea mejor?

Violeta se limita a sacudir la cabeza y quitarse el sombrero de flamenco, guardándolo como mejor puede en la mochila. Supone que, hasta que consiga un cambio de ropa, la mejor opción es pasar lo más desapercibida posible, y el sombrero no ayuda.

—Bueno, entonces, en marcha, no tenemos tiempo que perder. —Ruperta echa a andar hacia el bosque encabezando su extraño grupo.

El bosque, que desde lejos parecía un lugar precioso, se va transformando cuanto más se acercan; los árboles empiezan a volverse más frondosos, hasta que la luz apenas puede colarse entre las ramas y las hojas, lo que hace que todo esté sumido en una penumbra plagada de rayos de luz que aparecen y desaparecen, creando sombras que bailan a su alrededor.

Avanzan por un camino de tierra bordeado por arbustos cubiertos de hojas de colores. Poco a poco, el suelo se va volviendo más blando, como si estuviera mojado, hasta que van caminando sobre un montón de barro desde el que sobresalen grandes raíces, como serpientes cubiertas de musgo verde, y Violeta tiene que coger a Ruperta en brazos para evitar que se hunda, cuando el barro le llega ya hasta la mitad de las cortas piernas.

El aire es húmedo y pesado, y está plagado de pájaros de colores brillantes que Violeta no había visto nunca. Es en este momento cuando se fija en los pájaros, cuando se da cuenta de que algo no va bien. Aminora la marcha e intenta pisar haciendo el menor ruido posible, agudiza el oído y sigue a los pájaros con la mirada, pero la sensación de que algo no funciona persiste.

—Los pájaros no cantan —murmura finalmente, sin dejar de avanzar—. ¿Por qué los pájaros no cantan?

Nota que, detrás de ella, Perxitaa se detiene. Ruperta se remueve en sus brazos e inclina la cabeza ligeramente hacia atrás para poder observar a los animales que vuelan, silenciosos, de un lado a otro sobre sus cabezas.

—Es la música —murmura el payaso—. Está desapareciendo.

—Pero ¿la de los animales también? No puede ser —murmura Ruperta—. No hemos tardado tanto, no puede ser que…

—No tenemos tiempo —dice Perxitaa, y echa a andar de nuevo, salpicando barro allá por donde pasa—. Algo está pasando y si no nos damos prisa…

Pero no hay salida. Llegan a la parte más oscura del bosque, y el camino muere contra una pared de enredaderas que se extiende en todas direcciones y les impide ver qué hay al otro lado.

—No puede ser —murmura Violeta, frunciendo el ceño—. No nos hemos desviado del camino, ¿cómo es que no hay una salida?

Perxitaa, de pie a su lado, estudia con detenimiento las plantas que les cortan el camino.

—No sé si esto es para evitar que la gente entre o… para evitar que salgan.

—Canta —dice Ruperta, moviéndose en los brazos de Violeta—. Tienes la caja de música, ¿no? Escucha la melodía de las plantas y cántala en alto, pídele que se mueva.

Violeta deja a Ruperta encima de una roca cercana y saca la cajita de música de la mochila, sosteniéndola con cuidado sobre la palma de la mano.

—Pero no conozco ninguna melodía, no sé qué tengo que hacer.

—Magia —explica Perxitaa—. Si conoces la melodía de las cosas, puedes solicitar que actúen según tus deseos. Solo tienes que escuchar atentamente y pedirle a las enredaderas que se aparten.

—Yo seré tu catalizador —añade Ruperta—. Los familiares estamos más conectados a la magia, así que lo que tú conjures se ampliará al pasar por mí. De esta manera compartiremos la energía y te cansarás un poco menos.

«Ya», piensa Violeta. Qué fácil es decirlo y qué difícil encontrarle sentido, sobre todo cuando su idea de lo que es la magia es tan diferente. Tampoco entiende qué quiere decir Ruperta con lo de familiares y catalizadores, pero supone que no es un buen momento para preguntar. Durante un segundo, se siente tentada a coger la varita de Luna y hacer algún tipo de floritura, solo para ver si funciona, pero Perxitaa y Ruperta la están mirando con una impaciente expectación que hace que decida que mejor lo intenta en otra ocasión. Cuando no estén atrapados en un bosque encantado, por ejemplo.

—Vale, venga, lo voy a intentar. —Respira hondo, deja que el olor a musgo, a tierra y a humedad le llene los pulmones, y estira una mano para colocar la palma sobre la pared de enredaderas, mientras que, con la otra, sostiene la caja de música.

Cierra los ojos y se concentra en escuchar. Busca un sonido, algo de lo que pueda tirar para ver si le viene una melodía a la cabeza, pero a su alrededor no se oye ni tan siquiera el murmullo del viento al pasar a través de las hojas de los árboles. «¿Qué demonios estás haciendo, Violeta?» La textura de la planta bajo sus dedos es rugosa y fría. Nota cómo vibra ligeramente, y esa vibración se extiende desde las puntas de sus dedos hasta la mano, sube por su brazo como un cosquilleo, pasándole por el cuello hasta llegar a la cabeza. La siente en la punta de la lengua, cómo le recorre todos los nervios y, poco a poco, esa vibración se transforma en algo diferente: cientos de sonidos casi imperceptibles se juntan para formar… música, una melodía muy débil que recorre el cuerpo de Violeta con la fuerza de un huracán, hasta empaparla por completo. De repente, la envuelve de una manera tan clara y directa que se pregunta si Perxitaa y Ruperta la oirán. ¿Cómo podrían no oírla si está en todas partes?

Entonces separa los labios, toma aire y empieza a cantar. Es solo una melodía, no son palabras lo que salen de su boca, sino sonidos que se enlazan los unos con los otros, mezclándose con las ramas de la enredadera como si fueran uno solo, como si vinieran no solo de Violeta, sino de la planta también.

Cuando abre los ojos está agotada, nota el cuerpo pesado y la vista nublada, pero hay algo sólido sosteniéndola por la espalda que impide que caiga hacia atrás, y una repentina claridad que le calienta el cuerpo, relajándole los músculos.

—¿Ha funcionado? —pregunta, cerrando los ojos y dejándose sostener.

—Sí —murmura una voz suave muy cerca de su oído—. Sí, ha funcionado.

—Sabía que no me equivocaba contigo —dice Ruperta—. Vamos a ser un gran equipo.

Violeta sonríe. «Ojalá no sea un sueño», piensa antes de desvanecerse.

Cuando abre los ojos de nuevo, está tumbada sobre algo mullido y cubierta por una manta. Gira la cabeza hacia un lado, entierra el rostro en la almohada, y el familiar olor a sábanas limpias hace que sea repentinamente consciente de que está tumbada sobre una cama, y con ese pensamiento viene un terror que hacía años que no sentía, un miedo que se le aferra a las tripas y hace que le den arcadas y le falte el aliento: el miedo de pensar que, cuando abra los ojos, estará en su habitación.

Se incorpora hasta quedar sentada y abre los ojos lentamente, intentando aplazar el inminente disgusto, pero, cuanto más va centrando la vista, más evidente es que no está en su habitación. La habitación donde se encuentra está elaborada por completo de madera; a la derecha hay una ventana no muy grande por la que se cuela la luz, pero a través de la que solo se pueden ver el cielo y las montañas a lo lejos. Gran parte del suelo está cubierto por una alfombra de rafia de colores, y el escaso mobiliario consiste en la cama donde ella está sentada, una cómoda de madera apoyada contra la pared de enfrente, sobre la que descansan una jarra de metal y una bandeja con un par de vasos, y un par de butacas con el tapizado medio deshilachado.

Dormida en una de esas butacas, y tumbada de lado cuan larga es, está Ruperta.

—Ay, menos mal —murmura Violeta, cerrando los ojos, mientras echa la cabeza hacia atrás hasta apoyarla contra la pared y deja escapar un sonoro suspiro de alivio.

—¡Estás despierta!

Cuando vuelve a abrir los ojos, Ruperta se encuentra sentada, observándola con sus pequeños ojos negros.

—¿Qué ha pasado?

—Ya te dijimos que usar la magia requería mucha energía, y eso que esta vez estaba yo para servir de intermediaria.

—O sea que… ¿funcionó? Yo flipo.

—¡Claro que funcionó! ¿Por qué no iba a funcionar? Tú sabes escuchar la melodía de las cosas.

—Pero ¿va a ser siempre así? No creo que pueda salvar a nadie si me desmayo cada vez que lo hago.

El cuerpo de Ruperta se sacude, como si se estuviera riendo.

—Te irás haciendo más fuerte cuantas más melodías vayas aprendiendo, hasta que, al final, podrás usarlas sin problemas. Ahora ya conoces la melodía de las plantas, así que se ha guardado en la caja de música y podrás invocarla cuando la necesites.

—Pero la caja de música...

—Tenemos que buscar las partes que faltan, sí. Por eso estamos aquí. Este pueblo se llama Capella, y debería de haber un guardián protegiéndolo, pero ni Perxitaa ni yo hemos sentido su presencia, así que si lo que pasó en el bosque es una señal..., bueno, digamos que no pinta bien. Te hemos conseguido ropa, está ahí al pie de la cama. Perxitaa nos espera abajo, en la taberna, para empezar nuestras investigaciones.

Parece muy emocionada, está tan nerviosa que apenas puede quedarse quieta, y baja de la butaca de un salto para dar vueltas por la habitación, moviendo la colita de lado a lado a toda velocidad. Al mirarla, Violeta no puede evitar la ola de alivio que se apodera de ella.

—Por un momento pensé que todo había sido un sueño —dice, mientras se quita el jersey de Gryffindor, no sin cierta pena.

—¿Tan raro es todo esto? —pregunta Ruperta, deteniéndose para mirarla con curiosidad—. ¿No hay magia en tu mundo?

Violeta sacude la cabeza.

—No magia de verdad.

—¿Pero sí hay magia de mentira? —Su tono está cargado de confusión.

—Hay... cuentos, cosas que hablan de magia, pero no hay magia como tal... —¿Cómo le explicas a un cerdito parlante lo que es vivir en un mundo sin magia? Violeta, desde luego, no lo sabe—. Bueno, sea como sea, es raro.

Ruperta hace un gesto con la cabeza, pero no dice nada, así que Violeta sigue vistiéndose. Como no ha visto la manera en que viste la gente de este mundo, y duda mucho que vistan como Perxitaa, no sabía qué esperar, pero, mientras inspecciona el vestido marrón, le parece que es mucho menos llamativo de lo que imaginaba, aunque tiene tantas cuerdas y tantos cierres que ponérselo es todo un reto. Primero tiene que atarse las tiras que se unen al cuello, luego cuatro que sirven para sujetar la parte delantera y se atan a la espalda, dejándola en gran parte descubierta. Un cinturón rojo engancha la parte superior a una falda que cae de manera irregular, mucho más larga por detrás que por delante.

No es el tipo de ropa que Violeta habría elegido para una aventura en un mundo mágico, aunque supone que, si es la que le han dado, quiere decir que será la apropiada. Luego piensa que, bueno, la han elegido un chico y una cerda, así que quizá no tenían mucha idea y es posible que ella acabe pasándolo mal, pero, como tampoco puede hacer nada al respecto, se limita a guardar el jersey en la mochila y calzarse las botas negras, que parecen ser lo más práctico de su atuendo.

—La caja de música está en la mesa. Mira, mira, Perxitaa le ha puesto una cadena, así la puedes llevar siempre encima.

Violeta camina hacia la cómoda y coge la caja de música en forma de cerdito de cuya presencia no se había percatado. Perxitaa ha utilizado unas cadenas muy finas para hacerle algo parecido a una red alrededor, y la ha enganchado a una cadena más grande, de manera que parece un colgante. La coge con cuidado y se la cuelga al cuello; sentir su leve peso sobre el pecho la reconforta mucho más de lo que se atrevería a admitir en voz alta.

—Ahora que estás lista, es hora de ponernos en marcha. Vamos, vamos, vamos.

Ruperta se pone a dar pequeños saltos frente a la puerta, y Violeta se ve invadida por un alivio y un cariño que hacen que se le curven los labios en una sonrisa irreprimible. Tras ajustarse la mochila, se acerca a la puerta y la abre, dejando pasar primero a Ruperta, que sale escopetada hacia el pasillo.

Están en una especie de hostal, todo de madera, con pasillos largos flanqueados por puertas y suelos cubiertos por coloridas alfombras. Al final de cada uno de los pasillos por los que pasan hay una escalera de subida y otra de bajada y, cuando ya han bajado cuatro pisos y el escenario sigue siendo exactamente el mismo, Violeta empieza a preguntarse si no estarán atrapadas en algún tipo de vórtice espacio-temporal, pero Ruperta está tranquila mientras salta escaleras abajo, así que decide no decir nada y esperar.

Ya ha dejado de contar pisos cuando, por fin, la escalera por la que bajan desemboca en una sala grande y luminosa, y no en un pasillo. Parece la recepción de un hotel antiguo, toda construida de madera, con grandes ventanales por los que se cuela la luz del atardecer y el suelo completamente cubierto por dispares alfombras de colores muy vivos. En la pared del fondo de la sala hay una chimenea de piedra encendida, en torno a la cual hay colocadas varias butacas de aspecto cómodo pero viejo, y, cerca de la puerta de entrada, una larga barra de bar, tras la cual se ve una pared cubierta de estanterías con bebidas y una pequeña puerta cerrada.

—Espero que hayas descansado —dice Perxitaa a modo de saludo. Está sentado en la barra, sobre un alto taburete de madera. Frente a él hay una jarra llena de un líquido rojo intenso.

—¿Estás bebiendo sangre? —pregunta Violeta sin pensar, acercándose.

Los ojos de Perxitaa se abren tanto que parecen dos faros, y su expresión se vuelve, por un instante, totalmente escandalizada.

—¿Qué?

—Ha sido una pregunta tonta, lo siento… —Aparta la mirada, intentando ocultar su expresión. Se apodera de ella la habitual sensación tan desagradable de que la están juzgando, de que ha dicho algo estúpido solo porque no sabe pensar antes de hablar.

—No es una pregunta tonta. —Perxitaa se encoge de hombros y da unas palmadas en la butaca que hay a su lado—. Pero me ha pillado por sorpresa, eres muy directa, ¿sabes? —Suelta una carcajada y, cuando Violeta se sienta en la butaca, empuja la jarra hacia ella.

No es sangre, es algo dulce y espeso, como un batido de frutos rojos, y le deja un regusto a alcohol que, sorprendentemente, no es del todo desagradable.

—¿Qué es?

—Es espuma de mora, es la bebida típica de Ceol. En cada pueblo la hacen con una fruta distinta, y una vez al año hay un festival donde quien consiga obtener la mezcla más colorida se lleva un gran premio. Si conseguimos solucionar toda esta historia a tiempo para el festival de este año, te llevaré.

Violeta le dedica una amplia sonrisa y asiente, volviendo a empujar la jarra hacia él. Algo en su estómago se encoge y se expande, y sus labios se niegan a dejar de sonreír.

—Antes de ir a ningún festival, tenemos que recuperar las piezas. ¡No os distraigáis! —Ruperta, que no llega a subirse a un taburete, está en el suelo dando saltos, mirándolos con expresión seria—. ¿Has descubierto algo?

Perxitaa suspira.

—No mucho. He dado una vuelta por el pueblo, pero apenas hay gente. El tabernero dice que últimamente casi no viene ningún cliente, y mucho menos viajeros.

Violeta se agacha para coger a Ruperta en brazos y colocársela en el regazo, lo que permite que su pequeña cabeza pueda asomarse por encima de la barra.

—La gente tiene miedo. —La pequeña puerta de detrás de la barra se abre, y de ella sale un hombre fornido, con bigote y barba, que lleva un delantal verde lleno de manchas y el pelo negro recogido en un moño en la coronilla—. No sé cómo habéis llegado hasta aquí, pero la última vez que algunos de nosotros intentamos salir, los bosques se habían cerrado y no había manera de pasar.

—Pero ¿a qué le tienen miedo? ¿Qué ha pasado?

El hombre sacude la cabeza y se cruza de brazos, pensativo.

—No estoy seguro. Hace mucho que empezaron a correrse rumores de que había monstruos en los bosques, así que la gente empezó a recluirse en el pueblo. Algunos culparon a la bruja del lago, la rehuían siempre que venía a comprar víveres, dejaron de solicitar sus servicios de curandera, las plantas y los árboles se contaminaron…, y eso no hizo más que aumentar el odio de la gente.

—¿Usted cree que fue su culpa? —pregunta Violeta.

El hombre niega con la cabeza.

—Creo que la gente tiene miedo de lo que no entiende, y por alguna razón han dejado de entender a la bruja, y, a raíz de eso, todo lo demás.

Perxitaa y Ruperta intercambian una mirada. Si el hombre ha notado algo en la expresión seria del animal, no da señales de ello.

—¿Dónde podemos encontrar a la bruja?

—Tenéis que seguir el camino principal hacia la derecha y os encontraréis en la linde del bosque. Si seguís avanzando hasta el centro, llegaréis a un lago, y ahí está la casa donde vive la bruja. Pero los caminos se han cerrado, no os aseguro que podáis pasar a través de la maleza.

—Nos las apañaremos —dice Perxitaa, dejando unas monedas sobre la barra y poniéndose en pie.

Cuando están en la puerta, ya a punto de marcharse, Violeta se detiene y se gira hacia la barra.

—¿Cómo se llama la bruja?

El hombre, que estaba recogiendo la jarra, se detiene en seco, sus ojos parecen nublarse y su rostro adquiere una expresión turbulenta. Se queda en silencio durante un momento, como si buscara algo en su cabeza, pero no fuera capaz de encontrarlo.

—No lo recuerdo —dice finalmente, y parece sorprendido de sus propias palabras—. No sé por qué, pero no lo recuerdo.

Se marchan de la taberna en silencio. Violeta siente que una sensación familiar y desagradable se ha apoderado de ella, y nota que se le cierra la garganta con unas repentinas ganas de llorar. «Pobre bruja —piensa mientras avanzan—, pobre bruja a la que nadie entiende y por eso se ha quedado totalmente sola.»

—Siempre pensé que en las tabernas habría música —murmura Violeta, más para ella que esperando una respuesta.

—Parece que hace bastante que aquí no hay —responde Ruperta, y su voz es sorprendentemente triste.

CAPÍTULO 5:

La bruja del lago

Lo que decía el tabernero era verdad.

El pueblo parece, a ratos, un pueblo fantasma. Las plazas están vacías, no se oyen sonidos de niños ni de animales, y las pocas personas con las que se cruzan por la calle les lanzan miradas cargadas de confusión y desconfianza.

—Es tu culpa —dice Ruperta, lanzándole una mirada enfadada a Perxitaa—. ¿No podías haberte cambiado al menos el color del traje?

Él se limita a ignorarla, haciendo un gesto con la mano. Violeta, sin embargo, admite que tiene razón; está claro que un chico con una cresta roja, la cara pintada de blanco y un traje amarillo, acompañado de una cerda diminuta, llamaría la atención en cualquier parte. Por primera vez, parece que no es ella la rarita del grupo.

—Si les parecen raras mis pintas, es problema suyo, no mío —dice él, encogiéndose de hombros—. Porque si fingiera ser igual que el resto encontrarían otra razón para asustarse, seguro. Qué pereza.

Violeta le lanza una mirada, pero se mantiene en silencio. Lo que dice tiene sentido y a la vez..., a la vez, bueno, ella siempre ha querido ser igual que el resto. Ser diferente es agotador y solitario, y recuerda momentos en los que se le hacía prácticamente insoportable.

Al final del camino, donde debería haber una entrada al bosque, se encuentran frente a una pared de enredaderas igual a la que encontraron cuando llegaron. Las plantas han crecido tanto que serpentean alrededor de los árboles, enredándose en sus ramas hasta engullirlas por completo y creando una pared de lianas tan gruesas que apenas se puede ver nada al otro lado.

—Parece que estamos de vuelta donde empezamos —dice Ruperta suspirando—. Seguro que esto es obra de la bruja.

—No la juzgues tú también. —Violeta frunce el ceño, maldiciendo internamente haberse dejado llevar por la rabia—. Lo siento —murmura, intentando suavizar sus palabras—, pero no creo que sea justo juzgar a alguien solo por las palabras de otros. Seguro que ya lo ha pasado bastante mal.

Tanto Ruperta como Perxitaa están mirándola con expresiones preocupantemente serias.

—Siento el arranque, pero...

—No, no, no —interviene Perxitaa, levantando un dedo para indicar que se calle—. Crees que lo que has dicho es lo correcto, ¿no? —Violeta asiente—. Entonces no tienes nada de lo que disculparte.

—El payaso tiene razón —dice Ruperta, frotando su cabeza suavemente contra la pierna de Violeta—, y tú también. No es justo, lo siento.

Perxitaa la está mirando con una sonrisa amplia y extraña, y hay algo brillando en sus ojos que Violeta no consigue descifrar, pero que la hace sentirse orgullosa de no haberse callado.

Tras comprobar que no hay nadie alrededor, vuelven a centrar su atención en la pared de enredaderas, y Violeta, con delicadeza, coloca la palma de una mano sobre ella, mientras que con la otra sostiene la caja de música que le cuelga del cuello.

—Imagino que tengo que hacer lo mismo que antes…

—Ahora será más fácil —dice Ruperta—. Porque ya conoces la canción.

Violeta toma aire y cierra los ojos. Al igual que hizo en el bosque, se concentra en el tacto frío de las plantas bajo sus manos, en la textura suave y ligeramente rugosa, hasta que el mundo a su alrededor desaparece y siente la familiar vibración que le sube desde las puntas de los dedos hasta la cabeza, dejando un rastro de escalofríos allá por donde pasa.

La melodía le llega de golpe, pero arrastra sensaciones para las que no estaba preparada: miedo, pena, soledad... ¿De dónde vienen? Violeta las ha sentido, pero esta vez sabe que no son suyas. Cuando empieza a cantar, es más una petición que una orden, y está diciendo «déjame pasar», y también «quiero encontrarte». Nota cómo la energía sale de ella a raudales, aunque es mucho más leve que las primeras veces. La caja de música arde en la palma de su mano, pero no la suelta hasta que se le quiebra la voz y la melodía desaparece.

—Te estás haciendo una experta —comenta Perxitaa. Violeta se percata de su presencia, lo suficientemente cerca como para atraparla si se cae, y a la vez lo suficientemente lejos como para no interferir si ella se mantiene en pie por sí misma.

—Sea lo que sea lo que hay ahí dentro —dice Violeta, respirando hondo y estirándose todo lo que puede para despertar sus músculos entumecidos—, está muy triste y tiene miedo. ¿Por qué se volvería el pueblo contra alguien que nunca les había hecho nada?

Ruperta echa a andar, cruzando el arco que han formado las enredaderas al apartarse.

—La mayoría de las veces no hace falta una razón —dice—. Si ocurre algo que no puedes explicar, lo más lógico, según la mente humana, es culpar a quien es diferente.

—Los humanos son así de raros —dice Perxitaa, encogiéndose de hombros, mientras camina tras ella.

Violeta querría decirles que es mentira, pero tampoco es que sea una experta en la mente humana, y, a pesar de que le gustaría pensar lo contrario, lo que dicen tiene cierto sentido, así que elige no decir nada y seguir andando en silencio.

Cuanto más se adentran en el bosque y más espesa se va volviendo la vegetación, el aire, cargado de un olor a tierra mojada tan intenso que parece casi palpable, se vuelve húmedo y denso. El camino, al igual que ocurría en el bosque por el que entraron, se vuelve pantanoso, y Violeta tiene que coger a Ruperta en brazos para que no se hunda.

—Los pájaros tampoco cantan aquí —observa, siguiendo con la mirada a los coloridos pájaros que vuelan entre los árboles—. Creo que somos los únicos que hacemos ruido.

—Si fue la Bruja Melodía la que trajo la paz al enseñar a las personas a escuchar la melodía de las cosas, es posible que, si la gente olvida cómo escuchar, esa paz se resquebraje.

—Y crees que tiene algo que ver con que hayan olvidado el nombre de la bruja del lago, ¿no?

Perxitaa se encoge de hombros y sonríe.

—No lo sé, yo solo soy un mensajero.

Violeta pone los ojos en blanco y está a punto de decir algo cuando, al dar un paso, el camino bajo ella cede, haciéndola trastabillar hacia delante hasta quedar hundida en el barro hasta la cintura.

—Pero ¡¿qué…?! —Mueve la cabeza en todas direcciones, intentando localizar a Ruperta, que salió despedida de sus brazos cuando tropezó.

—¡Estoy aquí! —La pequeña cabeza negra de Ruperta apenas asoma por encima del agua, y, por su expresión, parece que está haciendo un gran esfuerzo por mantenerse a flote.

—Perxitaa, oye, ayúdanos, tiéndenos algo, una liana, no sé…

No le da tiempo a terminar la frase cuando se da cuenta de que Perxitaa no está.

—No será verdad que se ha ido y nos ha dejado aquí… —murmura Violeta, atónita.

—No hay tiempo para que te enfades con él, tenemos que salir de aquí. ¡No todas hacemos pie!

Violeta se muerde el labio, intenta imaginar que es una piscina de agua clara y no un montón de barro a través del cual no se puede ver nada, y echa a andar con dificultad hasta donde está Ruperta, cogiéndola en brazos. Un poco más adelante, entre los árboles que bordean el camino, se distinguen unas grietas a través de las cuales se cuela la luz, así que decide avanzar hacia ahí mientras intenta contener sus gritos de pánico cada vez que nota que algo le roza las piernas por debajo del barro.

—Cántame una canción —pide Ruperta, temblando ligeramente en sus brazos—. La que quieras, solo para… hacer más ameno el camino, ya sabes.

—Sí, buena idea, así se nos pasará más rápido y… —Nota cómo algo se arrastra por el suelo, rozándole la pantorrilla, y, haciendo un gran esfuerzo para no gritar, se pone a cantar—. ***Se oye una canción que hace suspirar y habla el corazón de una sensación grande como el mar…***

No sabe cuándo ocurre, pero en algún momento durante la canción, los pájaros empiezan a cantar y, cuando por fin el suelo empieza a volverse sólido, y el barro disminuye hasta que consiguen salir por completo, el aire se ha llenado de una cacofonía de sonidos que forman una melodía extrañamente acompasada.

—¡Prueba superada! —Violeta y Ruperta se giran para ver a Perxitaa de pie sobre una roca, en la parte más alejada del barro, con el traje tan limpio como si acabara de recogerlo de la tintorería—. ¿A que ha sido divertido?

—¡No tienes vergüenza! —exclama Ruperta, corriendo hacia él para intentar hacerle un placaje con su pequeño cuerpo cubierto de barro—. ¡Podíamos haber muerto!

—Pero no moristeis —se defiende él, alejándose de ella entre risas—. Ahora estáis aquí, sanas y salvas, y además hemos encontrado el lago.

—Vaya tela —murmura Violeta, lanzándole una mirada cargada de reproche—. Flipo contigo, en serio. ¿No se supone que tienes que asegurarte de que me mantenga a salvo para... salvar el mundo, o algo parecido?

Él se queda muy quieto y la mira con una expresión repentinamente seria.

—No sé quién te ha dado esa idea —dice, y luego se echa a reír.

Ruperta suelta algo muy parecido a un gruñido y empieza a perseguirlo de nuevo, moviendo la cabeza de arriba abajo como si quisiera darle un cabezazo, y toda la rabia que Violeta pudiera haber sentido se disipa casi por completo —casi, porque todavía tiene ganas de estrangular al payaso, pero verlo huir de un animal diminuto para evitar mancharse el traje le parece un castigo mucho más divertido—. Además, Perxitaa tiene razón, parece que han llegado al lago.

—¿Esto es el lago? —murmura Violeta, observando su alrededor con una mezcla de asombro y horror—. Parece más una...

—Una ciénaga. —Ruperta ha desistido, y ahora tanto ella como Perxitaa observan a su alrededor con expresiones parecidas—. La bruja ha convertido el lago en una ciénaga.

El parche de tierra sólida donde están no es más que una isleta rodeada por agua oscura y mezclada con barro, cuya superficie está casi por completo cubierta de ramas rotas y hojas. A su alrededor, los árboles crecen, delgados y retorcidos, tan altos que parecen llegar al cielo, que se muestra solo a parches por entre sus copas, y las raíces sobresalen de la tierra de las aguas como patas de araña gigantes. El ambiente está cargado de humedad y de algo que Violeta no consigue distinguir.

—Este sitio me da escalofríos —dice Ruperta—. Está claro que quien sea que viva aquí no quiere que nadie venga.

«Ah —piensa Violeta—, ya lo sé. Es miedo. Los árboles y el agua y los pájaros, todos tienen miedo.»

—No venimos a hacerte daño —dice de repente, sin estar siquiera segura de a quién le está hablando—. ¿No estás cansada de esconderte en este sitio tan oscuro?

—¿A quién le…?

Perxitaa no puede terminar su pregunta, porque en ese momento la tierra empieza a temblar, y uno de los árboles se viene abajo, dándole el tiempo justo para saltar hacia atrás precisamente en el momento en el que impacta con un estruendo en el lugar exacto donde él estaba.

Los demás árboles empiezan a moverse también, sus delgadas ramas se sacuden de un lado al otro como látigos, y Violeta, Perxitaa y Ruperta tienen que esquivarlas como pueden.

—¡Diles que paren! —grita Ruperta, que se ha metido en el hueco entre dos raíces—. ¡Escúchalas y diles que paren!

—¡Que las escuche dice! ¡Yo flipo! —Violeta se tira con fuerza al suelo para esquivar una rama que iba directa hacia ella, y el impacto la deja momentáneamente sin aire—. ¡No tiene pinta de que quieran hablar conmigo!

—Están hablando —dice Perxitaa, que, inexplicablemente, se ha subido a una rama y va saltando de una a otra con aparente facilidad—. Pero el miedo te impide escuchar.

Violeta rueda para esquivar otra rama. El miedo. Apenas ha recuperado el aliento cuando ve otra rama que viene directa hacia ella. El miedo. Se pone en pie todo lo rápido que puede y, en el momento exacto en el que la rama está a punto de impactar contra su cuerpo, se echa hacia un lado y se engancha a ella con los dos brazos, aferrándose todo lo fuerte que puede, mientras la rama se mueve de lado a lado como un caballo desbocado. El miedo, tiene miedo. «Yo también tengo miedo», piensa Violeta. Cierra los ojos con fuerza e intenta concentrarse en la textura de la madera bajo sus palmas, en la humedad del musgo que se pega a la corteza, en la vibración de la tierra que se extiende desde el tronco hasta la rama donde está ella. Es una vibración más profunda que la de las enredaderas, más oscura y contenida. Respira hondo, intenta escuchar el latido de su propio corazón, seguir el ritmo con su respiración, acompasarlo a las vibraciones que le llegan de la rama, y entonces..., entonces la oye, una melodía triste, una nota grave y sostenida que parece un lamento.

—*El miedo se arrastra, se esconde, camina siempre a tu lado...* —canta Violeta, primero muy suave, con la voz quebrada por el esfuerzo de mantenerse agarrada a la rama, pero va ganando fuerza conforme esta se deja de mover, muy lentamente—, *se oculta en las sombras porque no sabe hablar; pobre de él, que vive asustado. Si le das la mano, quizá se atreva a avanzar. Le han dicho tantas veces que no es suficiente, que...*

La rama se detiene en seco y Violeta sale disparada, pero, en vez de estrellarse contra el suelo, se estampa contra algo más suave que suelta un gruñido y se tambalea, haciendo que ambos caigan hacia atrás.

—¡Atrapada! —exclama Perxitaa bajo ella.

Violeta rueda hacia un lado para apartarse y se incorpora lentamente hasta quedar sentada en el suelo. Le lanza una mirada a Perxitaa, que todavía está tumbado de espaldas, recuperando el aliento.

—Gracias —dice, lanzándole una sonrisa—. Podría haberme matado.

—Estoy aquí para mantenerte a salvo y asegurarme de que salves el mundo, ¡o algo así! —exclama él entre risas.

Violeta pone los ojos en blanco, y está a punto de levantarse, pero Ruperta llega corriendo hacia ella y se tira sobre su regazo.

—¡Lo conseguiste! ¡Lo conseguiste!

—¿Lo conseguí? —pregunta Violeta, rodeándola con los brazos.

La respuesta llega mucho más rápido de lo que a nadie le hubiera gustado, y de una manera bastante desagradable; las ramas de los árboles empiezan a moverse de nuevo, pero esta vez no se lanzan a por ellos, sino que se enredan entre sí hasta formar una especie de capullo cubierto de espinas, dentro del cual se vislumbra una sombra oscura cuyos ojos brillan con un azul intenso. Violeta se ve asaltada por una oleada de emociones negativas: el miedo, que se mezcla con la rabia, y una horrible sensación de soledad. Detrás de todo eso, luchando por salir a la superficie, hay un sonido, un sonido grave y constante, el mismo que escuchó cuando estaba aferrada a la rama.

—Dijisteis que la Bruja Melodía le otorgó un sonido y un nombre a cada uno de los siete males que plagaban el mundo, ¿no?

—Sí, y les enseñó a escuchar la melodía de las cosas, pero ¿a qué viene eso…? —Ruperta no puede terminar su pregunta, porque Violeta la deja en el suelo con cuidado y se pone en pie.

—Do —dice, aferrando la caja de música en una mano mientras empieza a caminar hacia el capullo—. Ese es su nombre, es la nota Do. Puedo oírla, está intentando decir algo, pero nadie la escucha.

—Violeta, creo que acercarse no es la mejor idea…

Violeta sacude la cabeza y sigue avanzando sin detenerse.

—Alguien tiene que acercarse —murmura.

Las ramas vuelven a la vida y se lanzan a por ella como decenas de serpientes furiosas. Salta hacia un lado para esquivar una que iba directa a su cara, luego se agacha para que otra le pase por encima, y, cuando una le pasa rozando por el lado, coloca la mano sobre ella, con la palma abierta, y canta; su voz resuena en la ciénaga, los pájaros echan a volar entre un remolino de plumas de colores y la rama se detiene. Avanza lentamente, con la caja de música brillando en una mano, y las ramas se paran antes de impactar contra ella. Nota cómo le fallan las fuerzas con cada paso que da, cómo su voz se va volviendo cada vez más débil y su control sobre las ramas flaquea. Se detiene para recuperar el aliento, y tiene que lanzarse hacia un lado y rodar para esquivar otra rama que viene directa hacia ella. En el suelo, con el cuerpo cansado y la voz rota, siente la tierra húmeda bajo sus dedos, percibe la vibración que la recorre, ese palpitar rítmico que lleva consigo una melodía profunda y cálida. Se concentra en ella, deja que le suba por las puntas de los dedos, que su cuerpo la memorice, y, cuando separa los labios para cantar, la tierra tiembla.

Se alzan montículos de tierra y barro que se lanzan sobre las ramas y las raíces, atrapándolas. Violeta se pone en pie con dificultad y echa a correr, con la tierra creando paredes frente a ella para cubrirla de las ramas que atacan con más fuerza cuanto más se acerca al capullo. Cuando ve que puede alcanzarlo, se agacha, pone una palma sobre la tierra y el suelo se eleva hasta dejarla a la altura del capullo, donde puede ver una grieta entre las ramas. Toma aire profundamente y salta, pero cae trastabillando hacia delante, a través de la grieta. Ahí está la sombra, totalmente negra, observándola con ojos azules nublados, mientras Violeta escucha una tormenta, rayos y truenos que resuenan en el pequeño espacio dentro de las ramas. Pero sabe que hay algo más, siente que una melodía está intentando salir de entre el estruendo.

«Cuando oímos una melodía que reconocemos, siempre debemos seguirla.»

—Te oigo —murmura Violeta, y, armándose de valor, rodea la sombra con los brazos y la abraza con fuerza—. Te oigo —repite.

Y entonces, de repente, el estruendo desaparece; el sonido de los truenos se disipa, el estallido de los rayos muere, y lo único que queda es una melodía suave y cansada.

El cuerpo que sostiene entre sus brazos cae, inerte, con todo su peso sobre ella, y Violeta, que ya no tiene fuerzas ni para mantenerse en pie, se desploma de rodillas sin soltarlo, agarrándose a él como quien se aferra a una canción que no quiere olvidar. No se ha dado cuenta de cuándo se le han cerrado los ojos, pero está tan cansada que no consigue volver a abrirlos, y, poco a poco, se desvanece.

Cuando despierta, se encuentra tumbada de espaldas sobre el suelo frío, y la pequeña cara de Ruperta la observa desde arriba, con los ojos negros llenos de preocupación.

—¡Estás despierta! ¡Estás despierta! Ay, por la Bruja, pensé que esta vez…

—Dejad de pensar que voy a morirme todo el tiempo, por favor —masculla Violeta, pasándose una mano por los ojos e incorporándose con cuidado hasta quedar sentada—. ¿Estamos todos bien?

—Estamos bien —dice Perxitaa, que se sitúa de pie tras ella, con la mirada clavada en otra figura que yace en el suelo unos cuantos metros más lejos—. Pero no sé si todos...

Violeta sigue su mirada y, alarmada, gatea por la tierra cubierta de barro hasta la figura; ya no es una sombra, ahora es una chica, que parece muy joven y a la vez no, con el pelo largo extendido sobre el suelo a su alrededor, los mechones castaños entrelazados con lianas y salpicados de flores. Su cuerpo está cubierto por una túnica elaborada casi por completo de hojas, y su piel roza el color de la tierra de tal manera que, en cualquier momento, podría fundirse con esta y desaparecer.

—¿Hola? —murmura—. ¿Puedes oírme?

—Te oigo —dice la chica, y, cuando abre los ojos, el azul es tan intenso que es como mirar la superficie de un lago iluminado por el sol—. Te oí antes también.

Violeta sonríe; siente cómo le duelen las comisuras de los labios de tanto estirarlas, y su próxima inhalación está cargada de alivio.

—Do —dice—. Yo soy Violeta.

—Do —repite la chica, incorporándose lentamente—. Hace mucho tiempo que nadie me llama así.

—¿Hace cuánto? ¿Recuerdas qué pasó?

Do frunce el ceño, pensativa.

—El poder de la Bruja Melodía se hace más débil —explica, tras un silencio—. Puedo sentirlo, todas podemos sentirlo, y por eso la gente empieza a olvidar las canciones, y con ellas, a nosotras. Un día se…, no, alguien dijo que había monstruos en el bosque, un rumor generado por el miedo de una persona, que acabó por extenderse a todo el pueblo, y luego…

—Te culparon a ti, ¿verdad?

—Tenían miedo. Yo no era como ellos. Cuando recordaban las canciones no me veían como una amenaza, pero al empezar a olvidarlas… ya no podían entenderme a mí tampoco. No recordaba lo que era tener miedo —dice, con un hilo de voz—. Tenía miedo de quedarme aquí sola para siempre, pero también sentía miedo de ellos, porque ellos a la vez tenían miedo de mí.

Violeta la abraza con fuerza, con las ganas de llorar ardiéndole tras los ojos, y, cuando habla, se alegra de que su voz suene mucho más segura de lo que se siente realmente.

—Ahora te recordarán —dice—. Recordarán las canciones, te lo prometo.

Do no parece convencida, pero la mira con una expresión cargada de esperanza que hace que se pregunte si tal vez no ha prometido algo que no puede cumplir.

—Bueno, jefa, ¿qué hacemos ahora? —pregunta Perxitaa, tendiéndole una mano para ayudarla a ponerse en pie.

—Ahora volvemos a la taberna, vamos a dar un concierto.

El camino para salir del bosque es, por suerte, mucho más agradable que el camino de entrada; el barro ha desaparecido y en su lugar hay infinidad de riachuelos de agua cristalina que serpentean alrededor del camino principal y desembocan en un enorme lago que ahora ocupa el lugar donde antes la tierra se hundía en un lodazal. Los pájaros que vuelan entre las ramas de los árboles trinan con alegría, llenando el aire de cánticos que se elevan y se pierden en el cielo nocturno.

Su trayecto hacia la taberna también es mucho más amable; el pueblo parece, de alguna manera, haber despertado. A lo largo de las callejuelas se ven dispersas largas farolas de metal tallado que simulan tallos de flores cubiertos de hojas y culminan en capullos con pétalos de muchas formas distintas. Cada farola tiene la luz de un color distinto, y convierten los caminos en un arcoíris.

Hay gente en las calles, personas saliendo de sus casas y observando alrededor con confusión, niños aferrados a las piernas de sus madres y sus padres, todos con aspecto de que acaban de despertar de un sueño. Cientos de pares de ojos observan a Perxitaa, Violeta, Ruperta y Do mientras avanzan por la calle hacia la posada. Son un grupo extraño, desde luego: el payaso del traje amarillo chillón, una cerda diminuta, una chica cubierta de barro y alguien a quien saben que conocen, pero aún no consiguen recordar.

Violeta siente cómo, a su lado, Do se pone tensa, nota cómo empieza a caminar más lento y deja caer la mirada al suelo, sus radiantes pupilas azules desaparecen tras una cortina de pestañas espesas como plumas.

—Tranquila —murmura Violeta, cogiéndole la mano y tirando de ella suavemente hacia delante—. No hemos llegado hasta aquí para dar la vuelta ahora.

Do la mira y asiente. Yergue la espalda y alza la barbilla, con la resplandeciente mirada al frente. Parece que no le tiene miedo a nada, pero su mano se aferra a la de Violeta como si soltarla pudiera hacer que se desvaneciera.

Hay mucha gente en la posada cuando llegan, y todos se giran a mirar al extraño grupo con un amplio abanico de expresiones que cubre desde la sorpresa hasta el más absoluto terror. Violeta, haciendo acopio de un valor que no está muy segura de dónde sale, se acerca a la barra con cuidado de no tocar el mostrador y pringarlo con el barro que aún se pega a su ropa.

—Buenas noches —saluda al tabernero, que está mirando a Do con expresión pensativa—. ¿Se acuerda de nosotros?

El hombre se gira a mirarla por primera vez desde que entraron y asiente. Sus ojos la recorren rápidamente de los pies a la cabeza, y Violeta es dolorosamente consciente de lo horrible que debe ser su aspecto.

—Los viajeros —dice él finalmente—. Parece que habéis podido entrar al bosque. ¿Habéis encontrado lo que buscabais?

—Sí —dice Violeta—. ¿Recuerda ahora el nombre de la bruja?

El hombre vuelve a mirar a Do, pero en sus ojos no hay miedo, sino añoranza.

—No —admite, frunciendo el ceño—. Lo noto en la punta de la lengua, pero no lo puedo recordar. ¿Vuestra nueva acompañante es…?

—¿No reconocéis ninguno a…? —Perxitaa no puede terminar la frase porque Violeta se apresura a adelantársele.

—Una compañera de profesión —dice Violeta—. Nos gustaría cantar algo para… agradecerle su ayuda.

El tabernero no parece convencido, pero los clientes de la taberna se animan considerablemente ante la perspectiva de un espectáculo.

—Hacía muchísimo que no venía una barda a la ciudad —dice una mujer, dedicándoles la primera sonrisa sincera que han visto desde que llegaron—. Desde antes de…, bueno…, no recuerdo cuándo.

Violeta coge a Do de la mano y ambas se sientan en unas butacas al lado de la chimenea. No está segura de si su plan va a funcionar, pero tampoco es momento de echarse atrás, así que coge la caja de música y le da cuerda con cuidado, sosteniéndola sobre su palma abierta. Cuando la familiar melodía empieza a sonar, las palabras le vienen solas a los labios.

—*Hay un lugar al borde del mundo, tierra de nadie, donde al exilio van a parar*… —canta mientras otra melodía se une a la de la caja de música; suena suave como el correr del agua por un arroyo. Violeta se gira para mirar a Do, y ahí está, con estrellas naciéndole en la mirada y una sonrisa que no desaparece mientras de sus labios salen sonidos hermosos que cubren la habitación como una llovizna—, *pobre de él, que vive asustado. Si le das la mano, quizá se atreva a avanzar.*

Las voces se apagan y la música se queda flotando en el aire durante un instante antes de desaparecer.

Violeta se arma de valor y aparta la mirada de Do para dirigirla a su público y lo que se encuentra es… totalmente distinto a lo que vio cuando entraron a la taberna; donde antes las miraban con confusión y miedo, ahora las miradas cargan asombro, parecen estar viendo algo familiar y agradable, o reconociendo a un viejo amigo.

—La bruja del lago —murmura una voz, y a Violeta casi se le corta la respiración, antes de darse cuenta de que las palabras no acarrean malicia, sino sorpresa.

—Do. —La grave voz del tabernero suena por encima de los cuchicheos y exclamaciones de sorpresa. Abandona su lugar tras la barra y se acerca a ellas, deteniéndose ante Do y dedicándole una sonrisa abierta como una bienvenida—. ¿Dónde estabas? —pregunta—. Hace mucho que no nos vemos.

Los ojos de Do se vuelven casi líquidos, su sonrisa se ensancha y tiembla ligeramente cuando responde.

—Demasiado —dice—. Hace demasiado tiempo.

Parece ser que, sin la semilla de la duda y el miedo, la gente del pueblo adora a la bruja del lago. Do se ve arrastrada de un grupo de personas a otro, mientras todos están ofreciéndole comida y bebida y preguntándole por sus viajes. La música parece haber borrado por completo el recuerdo de lo ocurrido de sus memorias, y, si alguien le tuvo miedo alguna vez a la bruja del lago, ahora no queda ni rastro.

—Hacía mucho tiempo que no escuchaba esta canción —les dice el tabernero, tras obligar a Perxitaa y Violeta a sentarse en una mesa y aceptar la bebida y comida que les ofrece—. La vida nos absorbe y nos olvidamos de estas cosas, pero es agradable saber que todavía hay bardas como tú que se dedican a recordárnoslas.

—Una barda —murmura Violeta cuando el hombre se marcha, sin poder evitar la sonrisa que le curva los labios.

—Y una bruja —añade Ruperta, que come contenta de un plato que el tabernero ha puesto para ella en el suelo.

—Y una heroína. —Perxitaa le guiña un ojo por encima de su jarra de espuma de mora.

Violeta se muerde el labio inferior, nota el calor que le expande el pecho y le sube por el cuello, obligándola a apartar la mirada.

—Y vosotros dos, ¿qué estabais haciendo mientras yo salvaba a la princesa, eh?

—Animarte —responde Perxitaa—. Ya sabes, apoyo moral.

Todas esas veces en las que no tenía con quién ponerse en los trabajos de grupo, o un equipo en el que estar para los partidos en Educación Física, Violeta recuerda pensar «qué agradable sería tener a alguien de mi lado, animándome». Ahora por fin sabe lo que se siente, y es mucho mejor de lo que habría imaginado.

A pesar del relajante baño y de la cómoda cama de la habitación que el tabernero insiste en que ocupen durante esa noche, Violeta tarda mucho en dormirse. Nota el cuerpo y la mente agotados, como si no hubiera descansado en días, y aun así, cada vez que su cabeza empieza a apagarse, el miedo a despertar y que todo haya sido un sueño hace que se espabile de golpe. El proceso se repite varias veces, hasta que, en algún momento, ni el miedo consigue evitar que la venza el sueño.

Cuando despierta, antes incluso de abrir los ojos, el leve peso de Ruperta durmiendo sobre su pecho le recuerda que no tiene nada de lo que preocuparse, que el sueño, al menos por ahora, es su realidad.

CAPÍTULO 6:
La ciudad en guerra

Do está esperándolos en la puerta de la taberna cuando Violeta, Perxitaa y Ruperta se disponen a marcharse y continuar su camino. Está muy limpia, con los ojos más brillantes, si cabe, y el rostro iluminado por una sonrisa que parece no haberla abandonado desde la noche anterior.

—No quería que os fuerais sin despedirme —dice, tendiéndole a Violeta una pequeña bolsa de rafia—. He preparado una mezcla de hierbas; si sufrís alguna herida por el camino, cúbrela con el ungüento resultante de mezclarlas con tierra y agua.

—Muchas gracias, no era necesario, de verdad que…

—Es mi manera de darte las gracias —la corta Do—. Las personas se pierden con facilidad en sus problemas, olvidan y juzgan muy rápido, pero tú… eres rara. —Ahí está otra vez esa palabra que siempre le han lanzado como una bomba, siéndole entregada ahora como un regalo—. Gracias por ir a buscarme.

Violeta asiente ligeramente, con la garganta cerrada y los ojos al borde de un huracán.

—Si alguna vez necesitas algo..., eh..., no sé muy bien cómo podrás contactar con nosotros, pero puedes contar con que vendremos enseguida.

Do se ríe, con una nota suave, sostenida y alegre.

—Cantaré, y tú me escucharás —dice—. Las otras se están perdiendo. Podía oírlas cuando estaba... Podía oírlas. Conforme disminuye el poder de la Bruja Melodía, más fuertes se hacen las emociones negativas y más humanos sucumben a ellas. Tenéis que encontrar a las otras y traerlas de vuelta.

—No te preocupes —le asegura Violeta—. Acabaremos con esto y salvaremos a la Bruja Melodía también, puedes estar segura.

Mientras se alejan hacia la salida de la ciudad, con Do agitando las manos en despedida a su espalda, Violeta se pregunta si no se habrá venido un poco arriba asegurándole que salvarían a la Bruja Melodía, cuando ni siquiera sabe de qué se supone que tienen que salvarla.

—Ya hablas como una heroína —comenta Perxitaa, que camina a su lado—. Es una promesa muy grande esa que acabas de hacer.

Violeta maldice por lo bajo y se pregunta si tendrá el poder de leer la mente.

—No veo a nadie más dispuesto a hacerlo —dice, encogiéndose de hombros e intentando fingir una calma que está lejos de sentir—. Tendré que ser yo.

—¡Claro que serás tú! —exclama Ruperta, que camina dando saltitos ante ellos—. Has conseguido la primera pieza de la caja de música, ¿no? ¡Es claramente una señal!

Violeta coge la caja de música que le cuelga del cuello y la inspecciona con cuidado; una de las partes por las que antes se veían los engranajes del interior está ahora cubierta por una pieza del mismo color marrón-rosáceo que el resto. Todavía quedan, sin embargo, siete pequeños agujeros de distintas formas a través de los cuales se ve el interior.

—Hay algo que no entiendo —dice—. Si Do era la primera nota que tenía que purificar, quiere decir que nos quedan otras seis; sin embargo, a la caja de música todavía le faltan siete piezas.

—A lo mejor hay una nota más. —Perxitaa le lanza una mirada y se encoge de hombros.

—No hay una nota más —niega Violeta, frunciendo el ceño—. ¿No se supone que entiendes de música?

Perxitaa suelta una carcajada.

—No, ya te he dicho que solo soy un mensajero.

Lo ha repetido tantas veces que Violeta no puede ignorar la punzante sensación de que está ocultando algo, pero, como hasta ahora parece ser el único que tiene alguna idea de adónde se dirigen, decide no decir nada y esperar.

Viajar por Ceol es sorprendentemente fácil, incluso a pie, porque los caminos están despejados y plagados de lugares donde descansar. Ni Ruperta ni Violeta tienen mucha idea de hacia dónde se dirigen, pero Perxitaa parece tener el camino muy claro, así que ambas lo siguen sin muchas preguntas. Llevan casi todo el día caminando, y el sol empieza a ponerse cuando se topan con un enorme muro de piedra y un portón de madera cerrado a cal y canto donde se supone que debería estar la entrada a Alla Marcia, la siguiente ciudad en su camino.

—¿Esto es normal? —pregunta Violeta—. Ninguno de los pueblos por los que hemos pasado tenía murallas…

—No lo es. —Perxitaa estudia la imponente muralla de piedra con confusión—. Desde que llegó la Bruja Melodía no ha habido guerras ni conflictos, así que ninguna de las ciudades ha necesitado nunca protección de este tipo.

—¿Ha podido estallar una guerra? —pregunta Ruperta con inocencia.

—¿Cómo va a haber…?

Perxitaa no puede terminar su pregunta porque un ruido desde la parte más alta del muro llama su atención.

—Eh, vosotros. ¿Quiénes sois y qué queréis?

De pie sobre una plataforma en la parte superior del muro hay una mujer ataviada con una elegante y ligera armadura de bronce. Sostiene un arco con la cuerda tensa, apuntando hacia ellos. Violeta y Perxitaa intercambian una mirada.

—Somos viajeros —dice Perxitaa, dedicándole a la mujer la sonrisa más inocente de la que es capaz—. Buscábamos la entrada a Alla Marcia, pero me temo que hemos debido confundirnos de camino…

—Esta es la entrada. —La mujer baja el arco, pero sus ojos siguen fijos en ellos, cargados de desconfianza—. ¿A qué venís?

—Buena pregunta… —murmura Perxitaa.

—Soy una barda —interviene Violeta—. Hemos oído rumores de que algo extraño ocurría por la zona, y veníamos a recopilar historias. Venimos de Capella, de donde traemos cuentos maravillosos.

Perxitaa le lanza una mirada confusa y Violeta lo mira de reojo, encogiéndose ligeramente de hombros. Supone que, si algo raro ocurría en Capella, algo raro estará ocurriendo aquí también, y a los bardos siempre los dejan entrar a todas partes, ¿no?

—Supongo que tus historias podrán venirnos bien en estos tiempos —concede la mujer, y hace una señal a alguien al otro lado del muro.

—Estoy muy orgullosa —murmura Ruperta, mientras cruzan el portón de madera que acaba de abrirse—. Muy orgullosa.

La mujer se llama Ada, y es la capitana de la caballería. Mientras los guía por las calles hacia la taberna-teatro, la cual parece ser el orgullo de la ciudad, les cuenta que hace casi un año, de repente, los pueblos pertenecientes al territorio de Alla Marcia se amotinaron contra la capital, asaltándola por la noche y tomando las calles, quemando edificios y saqueando las tiendas. El improvisado ejército no era nada comparado con las fuerzas de caballería de la capital, especialmente entrenadas para el combate, así que acabaron retirándose; sin embargo, desde esa noche, los ataques no han cesado.

—A veces eran simples campesinos tirando botellas con aceite para prender fuego a los locales —explica Ada—. Pero con el tiempo se fueron organizando hasta crear un batallón que nos ha puesto en apuros más de una vez. Finalmente, los miembros del consejo decidieron que, hasta descubrir qué ocasionó el conflicto, se levantara una muralla en torno a la ciudad para protegerla de futuros ataques.

—¿Y todavía no sabéis qué fue lo que pasó? —pregunta Violeta.

Ada frunce el ceño, como si lo que fuera a decir a continuación la molestara sobremanera.

—El consejo no se ha pronunciado, pero la gente habla. No es ningún secreto que quienes gobiernan priorizan las necesidades de la capital, y los pueblos del territorio han ocupado siempre un segundo lugar. Muchos dicen que se hartaron y decidieron rebelarse, otros afirman que la rabia se fue acumulando hasta que explotó aquella noche. Al final, lo que importa es que el consejo se niega a ceder y llegar a un acuerdo, y Alla Marcia lleva con guerrillas internas desde casi un año…

Se detienen en la puerta de la taberna-teatro, un imponente edificio de piedra con la fachada decorada por banderines de telas brillantes de colores. A pesar de la escasez de ventanas, el interior está agradablemente iluminado por un sinfín de lámparas de todos los tamaños, algunas de pie, otras colgando del techo y otras incrustadas en las paredes. Al fondo de la amplia sala se ve un pequeño escenario de madera a cuya espalda, ocupando toda la pared, hay una cortina de diminutas luces que llega desde el techo hasta el suelo.

—Yo os dejo aquí —dice—. Intentaré volver al anochecer para escuchar tus historias, barda. Sabe la Bruja que nos hacen falta…

Cuando Ada se marcha, Perxitaa, Violeta y Ruperta se instalan en una mesa lo más alejada posible de la barra, que es donde se concentran la mayoría de los clientes.

—Es sospechoso —empieza Violeta— que la capitana de caballería no tenga ni idea de por qué han empezado los conflictos, ¿no?

—Seguro que ni la gente del consejo lo sabe —dice Perxitaa.

—No os dejéis engañar. —Una mujer de complexión robusta se ha detenido al lado de su mesa. Tiene las manos guardadas en el bolsillo de su delantal y el pelo pulcramente recogido en una larga trenza. Su voz es grave, pero su expresión resulta amable—. Todo el mundo sabe lo que ha pasado, pero, como no tienen ni idea de cómo arreglarlo, prefieren echarse la culpa los unos a los otros. ¿Qué queréis que os sirva? Parece que os hace falta un buen estofado.

—Un estofado sería maravilloso —asiente Perxitaa sonriente.

—¿Qué es lo que ha pasado en realidad? —pregunta Violeta.

La expresión de la posadera se ensombrece.

—Se dice que el líder del consejo ha desaparecido, que se ha marchado, abandonando los pueblos de Alla Marcia a su suerte, y dejándonos en manos de una panda de necios que solo piensan en ellos mismos. —Sacude una mano y suspira—. No quiero arruinar vuestro ánimo con esto, os traeré la comida.

—Disculpe. —La detiene Violeta, antes de que se marche—. ¿Podría decirnos algo más acerca del líder del consejo?

La mujer se queda pensativa un momento, y su mirada adquiere el mismo matiz de añoranza que tenía la del tabernero en Capella cuando intentaba recordar el nombre de la bruja del lago.

—La verdad es que no —dice finalmente—. Por lo que yo sé, quizá ni tan siquiera existió nunca.

En cuanto la mujer se marcha, Violeta se gira hacia Perxitaa.

—Tenemos que encontrar al líder del consejo —sentencia.

Esta vez, sin embargo, les resulta bastante más difícil de lo que fue encontrar a Do. A la mañana siguiente se echan a las calles a intentar conseguir información, pero dentro de las murallas lo único de lo que se habla es de lo horrible que es la gente de fuera de las murallas; de cómo acaparan las cosechas, de cómo suben los precios de las mercancías que venden a la capital, de cómo se paró el comercio desde que empezó la guerra y, por eso, la gente de dentro de las murallas tiene que exportar la comida desde otros reinos, al triple de su precio.

Su suerte no es mucho mejor con la gente de fuera de las murallas, donde la idea generalizada es que el consejo de Alla

Marcia conspira en su contra, favoreciendo a quienes viven en la capital.

—Qué sensación tan desagradable —murmura Violeta, mientras abandonan otro pueblo sin haber conseguido nada—. Son todos como dementores, siento que su rabia me ha chupado el alma.

—Dementores… —repite Ruperta—. ¿Son demonios de tu mundo?

—Algo así.

No sabe si es por haberse acordado de los dementores, o por el simple hecho de haber puesto en palabras un sentimiento que la viene acompañando desde que cruzaron las puertas de madera el día anterior, pero, de repente, Violeta es plenamente consciente de que hay algo más ahí con ellos, algo más aparte de la gente de los pueblos y de los gatos que se escabullen por los callejones. Es a la vez una presencia y un sentimiento, una sensación desagradable que hace que sienta una rabia que no puede explicar hacia todas estas personas que parecen estar enfadadas sin razón aparente, alimentándose de su propio enfado.

—Creo que algo nos sigue —dice por fin en voz alta, ojeando a su alrededor.

—No nos está siguiendo. —La voz de Perxitaa parece calmada, pero su tono es ligeramente sombrío—. Simplemente… está, está en todas partes.

—¿Te habías dado cuenta? —Violeta le lanza una mirada acusadora—. ¿Por qué no habías dicho nada?

Él se encoge de hombros y sonríe.

—Estaba esperando a ver si te dabas cuenta tú también.

Justo en el momento en el que Violeta se prepara para responder, siente que algo pasa tras ella, removiendo el aire y levantando polvo del suelo. Las palabras mueren en sus labios, nota una vibración en el aire, el principio de una melodía que no conoce y cuyos acordes se entrelazan entre sí de manera desordenada en su cabeza. Gira sobre sí misma, paseando la mirada alrededor, pero en el camino solo están ellos.

—¿Habéis sentido eso? —pregunta.

Entonces se oye un estruendo en el pueblo, seguido de una marea de voces que se hace cada vez más fuerte, hasta crear un sonido atronador. Violeta, Perxitaa y Ruperta echan a correr hacia el pueblo por el camino desde el que salieron y se encuentran con que un gran grupo de personas se ha reunido en la plaza y todos gritan a la vez, profiriendo maldiciones y amenazas.

—Se preparan para otro ataque —dice Perxitaa, cogiendo a Violeta con cuidado por el brazo y tirando de ella tras el muro de una casa—. No podemos meternos en medio de una guerra, yo no sé…

—¡Ahí está!

Perxitaa y Ruperta siguen la mirada de Violeta hasta la masa de gente. Es difícil de distinguir si no sabes lo que estás buscando, pero en cuanto se concentran un poco pueden ver la ligera perturbación en el aire, cómo una ráfaga oscura se va moviendo de un lado a otro, arrastrándose entre las personas enfurecidas. El viento oscuro deja tras de sí un rastro que Violeta oye ahora con claridad, una nota sostenida, como un pitido, que se extiende y se extiende hasta llenarlo todo.

La gente empieza a movilizarse hacia la salida del pueblo, y Violeta coge a Ruperta en brazos, se la tiende a Perxitaa y echa a correr, uniéndose a la multitud hasta quedar completamente rodeada. En el centro del tumulto la sensación es más fuerte, más nítida, y el pitido resulta prácticamente insoportable. Nota la rabia de la gente como si fuera la suya propia, siente su rencor como lo hacía con el suyo propio, años atrás; el rencor hacia toda esa gente que la hizo sentirse pequeña y miserable. Toma aire e intenta concentrarse en el pitido por encima del estruendo de las voces y de los pasos, lo sigue serpenteando entre la gente, y, cuando quiere darse cuenta, están en el claro que hay frente a la muralla de la capital.

Las puertas de madera están abiertas, y ante ella está Ada, arco en mano, a la cabeza de un batallón.

CAPÍTULO 7:
La chica que vino a detener la guerra

Verse envuelta en una batalla no estaba entre las cosas que Violeta pensó que podrían ocurrir cuando decidió emprender esta aventura. Objetivamente, debería haber estado, porque siempre hay una batalla, pero, aun así, suelen estar más cerca del final de la historia, ¿no? Cuando a la heroína le ha dado tiempo a hacerse más fuerte; no casi al principio, cuando apenas sabe qué está pasando.

Bueno, sea como fuere, aquí está, escurriéndose entre la masa de cuerpos enfurecidos que se dirigen hacia las puertas de la ciudad sin ninguna pinta de querer detenerse. Podría haberse quedado atrás, con Perxitaa y Ruperta, desde luego habría sido lo más seguro, pero... Nota el aire moverse a su alrededor, esa vibración que le lanza un cosquilleo por las puntas de los dedos y hace que echarse atrás le resulte imposible.

Hay un hombre que grita a la cabeza del pequeño y dispar ejército; con cada palabra suya, la multitud arranca en cánticos de guerra y el aire se vuelve más pesado y oscuro. Violeta mueve la cabeza frenéticamente de lado a lado, buscando la sombra negra cuya presencia siente, pesada e invisible como una ráfaga de viento.

—¡Atacad! —grita el hombre que guía a la gente, y el caos lo domina todo.

Violeta se ve atrapada en mitad de una estampida; hombres armados que se lanzan hacia delante con la rabia como escudo, chocándose con ella y enviándola tambaleándose de lado a lado.

—¡Aparta! —le espeta un hombre especialmente fornido, dándole un empujón que la hace caer al suelo—. Las niñas no pueden luchar en la guerra.

Aún sin aliento, Violeta se limita a lanzarle una mirada cargada de rabia y se pone en pie todo lo rápido que puede para evitar que la aplaste la multitud que sigue avanzando.

—No voy a luchar en la guerra —masculla, echando a correr hacia un lado para salir del tumulto—. Voy a detenerla.

Cuando consigue por fin alejarse lo suficiente como para ver lo que ocurre, la imagen ante ella es aterradora: la caballería, liderada por Ada, ha cerrado filas en torno al portón de madera y se preparan para repeler a los atacantes, que corren hacia ellos como una manada de perros rabiosos, liderados por un hombre que parece estar totalmente poseído. El aire a su alrededor se ve más oscuro, envolviéndolo como un manto, empujándolo hacia delante, y, de repente, Violeta la distingue: una sombra enroscada en torno al hombre que parece estar a punto de engullirlo.

Este sería un buen momento para tener un arma, supone. También sería un buen momento para saber cómo detener a esta gente. La solución a ambos problemas le llega como un flash; es una idea descabellada y probablemente nazca de leer demasiados libros de fantasía, pero, dada la situación, es tan buena como cualquier otra. Echa a correr hacia el hombre a toda velocidad, hasta que el pecho le arde y siente que se queda sin aliento. Tropieza con una piedra, trastabilla hacia delante, pero no corre lo suficientemente rápido. Está a punto de darse por vencida y detenerse cuando nota la tierra temblar bajo ella, y de repente hay un enorme jabalí negro corriendo a su lado.

—¡Violeta! ¡Sube!

—¿Ruperta?

—¡Sube, sube!

Se agarra con fuerza a un mechón de pelo del lomo de Ruperta y pega un salto, impulsándose hacia un lado hasta quedar medio sentada sobre el robusto lomo del animal. Una vez que ha conseguido estabilizarse, se agarra a su amplio cuello con los brazos para evitar salir volando.

—Estoy flipando. ¿Qué haces aquí? ¿Y qué son estas pintas?

—He venido a buscarte —explica Ruperta sin dejar de correr, avanzando por el flanco derecho de la gente—. ¡Ya te vale, dejarnos ahí! Menos mal que en esta forma soy muy rápida y he podido alcanzarte.

—Pero… —Violeta quiere decirle que no ha respondido a su segunda pregunta, pero ya han adelantado a la muchedumbre y se encuentran en el pedazo de tierra despejado que, por el momento, separa a ambos ejércitos—. Aquí, ¡para, para!

Ruperta frena en seco y Violeta se baja de un salto, echando a correr hacia el centro del claro, donde se deja caer de rodillas.

Saca la varita de Luna Lovegood de la mochila y la clava con fuerza en la tierra. Se hace un agujero, y de ese agujero nace una grieta. Aquí es donde todo podría salir muy muy mal. Coloca la palma de una mano sobre la grieta, mientras que sostiene la caja de música con fuerza en la otra.

Nota la energía fluir del suelo hacia las puntas de sus dedos, la vibración de una melodía que ya tiene grabada a fuego en la memoria. Tira de ella y se empapa en los sonidos, hasta que los gritos y las maldiciones han desaparecido y la música es todo lo que puede oír.

—Crece —ordena, con la voz mucho más firme que nunca.

La tierra tiembla con un estruendo grave y penetrante. Violeta la nota quebrarse bajo la palma de su mano, escucha la melodía que sale de lo más profundo y se extiende, mientras la grieta crece y crece, reptando por el suelo a toda velocidad y creando una fisura que parte la explanada en dos, con un bando a cada lado.

Los hombres se detienen, Ada les grita órdenes a sus tropas. Por un momento, el caos lo domina todo, y Violeta aprovecha la ocasión para echar a correr hacia el hombre al que se aferra la sombra. Cuanto más se acerca, más penetrante es la sensación, más intensa la rabia, más nota cómo los recuerdos se agolpan en su mente, cómo cada insulto que le han dicho en su vida, cada una de las miradas de desdén que creía olvidadas vuelven a ella con la fuerza de una apisonadora. Siente un odio tan grande que, por un momento, la hace olvidar qué está haciendo allí, qué es lo que tenía que conseguir.

El aire vibra con una vorágine de sonidos tras los cuales se oculta una melodía que escucha, pero que es incapaz de comprender. No puede perdonar. Por qué iba ella a perdonar, y por qué iba toda esta gente a perdonar, y de repente… una voz.

—Hey, te estoy esperando. ¿Me oyes? Lo malo pasará y yo te estaré esperando.

La voz la devuelve al presente, la envuelve como un cristal protector y aleja los sonidos, hasta que la melodía que ocultaban se convierte en algo que puede reconocer. Alza la mirada y ve la sombra; se ha despegado del hombre y viene directa hacia ella. La melodía se hace más clara, más suave, igual que ocurrió en el bosque, pero esta vez está incompleta; por más que Violeta intenta buscarlo, el principio no aparece. La sombra está muy cerca. Si no hace algo, acabará por apoderarse de ella, igual que se ha apoderado de esta gente, así que, una vez más, decide seguir su instinto, estirar la mano hacia ella y cantar.

—... *las piedras que le han tirado a la espalda, que el rencor ya no sabe cómo perdonar.*

Los gritos se detienen, su voz lo cubre todo como un manto y la melodía viaja por la explanada hasta que es todo lo que los presentes pueden oír. Quizás al principio no entiendan las palabras, pero mucho tiempo después dirán que escucharon su canción, que lo envolvió todo y se llevó el rencor y la rabia, dejándolos vacíos y tranquilos.

—*Guarda tantos malos recuerdos en el pecho que no dejan que nada bueno pueda entrar.* —Los dedos de Violeta se cierran sobre algo sólido, tangible, y la sombra empieza a cambiar—. *Suena en su cabeza como un eco...* Mi —murmura Violeta—. Tu nombre es Mi.

Su mano ya no se aferra a una sombra, sino a un brazo. Alza la mirada y ante ella hay un hombre joven, con la tez pálida y los ojos rojos que chisporrotean como ascuas. Los bajos de la túnica roja que lo cubren casi por completo están hechos jirones y cubiertos de polvo.

—Te he oído —murmura el hombre, mirándola como si la reconociera—. Te oigo.

Y entonces se desploma sobre ella, haciéndola caer de espaldas al suelo.

Violeta cierra los ojos y se concentra en respirar. Está muy cansada, tan cansada que cree que podría dormir durante días. Intenta mover las piernas, pero apenas responden y siente como si la tierra tirara de ella hacia abajo. A su alrededor hay demasiado ruido, muchas voces que se mezclan las unas con las otras hasta convertirse en un pitido incómodo que la obliga a hacer una mueca.

Abre los ojos y lo primero que ve es la cara de Perxitaa, que está inclinado sobre ella con una sonrisa de oreja a oreja.

—No sé tú —dice, con la risa bailándole en la voz—, pero yo creo que ese plan que acabas de marcarte ha sido bastante heroico.

—¿Y ha funcionado? —murmura Violeta. Se le nubla la mirada e incluso hablar le resulta terriblemente complicado.

Perxitaa ojea su alrededor.

—A grandes rasgos, sí.

Violeta suspira. Por el momento, con eso le vale.

Cuando vuelve a abrir los ojos no tiene ni idea de cuánto tiempo ha pasado, pero nota que se encuentra considerablemente mejor.

—Tengo que dejar de desmayarme —murmura, mientras se incorpora hasta quedar sentada en la cama donde alguien, probablemente Perxitaa, la ha dejado.

Sentado en una silla, durmiendo con la cabeza y los brazos apoyados sobre la cama, a su lado, está Mi, con el pelo, largo y negro, esparciéndose como tinta sobre la manta. Abre los ojos lentamente cuando la oye hablar y se estira con cuidado.

—Estás despierta —dice, con la voz todavía entumecida por el sueño.

—¿Cómo estás? —pregunta Violeta—. ¿Recuerdas qué pasó? Imagino que tiene que ver con que el poder de la Bruja Melodía esté disminuyendo…

Él se pasa una mano por los ojos para despejarse y asiente.

—Nacimos de las emociones negativas de las personas —explica él—, y sin el poder de la Bruja… cada vez nos resulta más difícil luchar contra nuestra naturaleza.

—Tú eres el jefe del consejo del que hablaban, ¿no?

Mi asiente.

—El rencor lleva tiempo acumulándose en los corazones de la gente. Antes podía manejarlos, pero cada vez les cuesta más escuchar algo que no sean las voces de su propia cabeza, y olvidan…

—La melodía de las cosas —termina Violeta—. Dejaron de escucharte a ti, también, y te olvidaron.

—Algo ha cambiado ahora —dice él, con los labios curvándose en una sonrisa amable—. Tú me escuchaste, y ahora parece que ellos también pueden. Hay una canción en el aire que había desaparecido.

La puerta de la habitación se abre de golpe y aparecen Ruperta y Perxitaa, la primera de vuelta a su forma original y el último llevando una jarra de agua en una mano y un vaso en la otra.

—El consejo se ha reunido con los alcaldes de los pueblos —dice Perxitaa, dejando el agua en la mesita de noche—. Te están esperando.

Mi asiente y se pone en pie, alisándose la túnica, que ahora parece nueva y limpia, y le dedica una leve inclinación de cabeza a Violeta.

—Gracias, Violeta la barda, por escucharme.

CAPÍTULO 8:
La ciudad maldita

Cuando salen de la posada hay una multitud ocupando casi toda la calle, y el corazón de Violeta se detiene por un momento.

—¿Vienen a por mí? —pregunta con un hilo de voz, girándose ligeramente hacia Perxitaa.

—Creo que más bien *por* ti —dice él, sonriendo.

Ada se abre paso entre la multitud; con la cabeza alta y el pelo claro ondeando al viento, es la viva imagen de un caballero de brillante armadura.

—Violeta la barda —saluda, deteniéndose ante ella y mirándola con solemnidad—, dijiste que venías buscando historias, y tenemos una para ti.

Violeta asiente suavemente, mordiéndose el interior del carrillo para evitar hacer ningún ruido. Por alguna razón, siente que es un momento importante y que podría arruinarlo al hablar.

—Cuéntale a la gente, allá donde vayas, la historia de la bruja que partió la tierra en dos y detuvo la guerra de Alla Marcia.

—Dicen que montaba un enorme jabalí con el pelaje negro como la noche —añade un hombre a su lado.

—Dicen que ella sola podía vencer a mil ejércitos —apunta otro.

—Dicen que parecía solo una mujer. —Ada la mira con una sonrisa que indica que sabe más de lo que deja entrever—. Cuéntales que era eso y mucho más.

Nota las lágrimas que se le agolpan en los ojos y le nublan la vista. Inclina la cabeza en señal de asentimiento porque no se ve capaz de hablar.

Se marchan de la ciudad en silencio, caminando juntos y muy despacio, como si cualquier sonido pudiera romper el momento que acaban de vivir.

—Ocurrió algo extraño —dice Violeta al fin—. Cuando escuché la melodía de Mi, no tenía principio.

—¿Qué quieres decir? —Perxitaa la mira de reojo, sin detenerse.

—Quiero decir que… no parecía ser la continuación de la canción de Do, había otra estrofa antes que no conozco. Además, Mi no va después de Do, por lo que está claro que nos falta una nota… —Alza la caja de música y se la muestra, señalando el espacio vacío que permanece entre la primera pieza que consiguieron y la segunda que acaba de aparecer—. Todavía nos falta esta pieza.

Él se encoge de hombros.

—Estamos siguiendo el camino más corto para llegar hasta el castillo, pero eso no quiere decir que vayamos en línea recta —explica—. La Bruja nunca me dijo qué guardián estaba en qué ciudad, así que me limito a avanzar y esperar lo mejor.

Violeta le lanza una mirada incrédula.

—Flipo contigo —dice—. Será verdad.

Ruperta hace un sonidito que se parece sorprendentemente a una carcajada.

—¡Es un desastre! —exclama.

—¡Oye! ¿Tienes tú un mapa guardado por ahí, en algún bolsillo mágico o algo?

Violeta los observa mientras tienen una guerra de miradas fulminantes y pone los ojos en blanco. Si alguien le hubiera dicho alguna vez que se vería envuelta en una aventura como esta, con un payaso y una cerda como acompañantes, probablemente se habría reído. Ahora…, ahora diría que se alegra.

—Bueno, para que luego no os quejéis, os diré que mientras estabais fuera de combate me dediqué a hacer indagaciones y me he enterado de un rumor.

—¿Un rumor útil? —pregunta Ruperta, que camina dando saltitos ante ellos.

Perxitaa le saca la lengua, aunque ella no puede verlo.

—Hay una ciudad al norte de aquí donde parece ser que un dragón ha capturado a la reina y extendido una maldición sobre el pueblo.

—¿En serio? —pregunta Violeta, frunciendo el ceño—. No me lo digas, la ha capturado y la ha encerrado en una torre, ¿verdad?

—¿Cómo lo sabes? —pregunta él, girándose hacia ella, sorprendido.

—Intuición. —Violeta se encoge de hombros y le dedica una sonrisa satisfecha—. No perdemos nada por ir a investigar, ¿no?

—Tenemos que desviarnos de la ruta que conozco, pero en Ceol todos los caminos llevan al castillo de la Bruja, así que no creo que sea un problema.

De camino a Adagio, la ciudad maldita, descubren que las noticias vuelan, y en todos los pueblos en los que se detienen hay gente hablando de lo que ocurrió en Capella y en Alla Marcia. Todos coinciden en que una mujer destruyó las barreras de los bosques de Capella, y que una mujer detuvo la guerra de Alla Marcia, pero las historias varían; a veces es una bruja que abrió la tierra utilizando un arma mágica; otras veces, es una guerrera que se enfrentó a dos ejércitos a lomos de un imponente animal (el animal cambia de un jabalí a un caballo negro; algunos, incluso, dicen que era una pantera). A veces, también hablan de una barda que invocó a los elementos con su voz y levantó las maldiciones que se apoderaban de las almas de las personas. Es la historia menos grandiosa, quizá, pero a Violeta es la que más le gusta.

En uno de los pueblos por los que pasan se está celebrando un festival, y hay luces y farolillos por las calles. Las aceras están llenas de casetas de madera decoradas con coloridas imágenes de flores y paisajes, y el ambiente es alegre y festivo. En una de las casetas se está representando una obra de marionetas que cuenta la historia de la ciudad maldita. La historia cuenta que la reina vivía sola en un castillo sobre una colina, y que la gente de la ciudad la visitaba a menudo, llevándole ofrendas y organizando festivales para agradecerle su protección. Con el tiempo, sin embargo, la gente se fue olvidando de la reina, y para ella la soledad se volvió tan insoportable que, cuando el dragón llegó a arrasarlo todo, decidió que marcharse con él era un destino menos doloroso que la soledad y el olvido. El dragón encerró a la reina y condenó a los habitantes de la ciudad a ir desapareciendo lentamente. La historia no cuenta ni qué ocurrió después ni cuáles fueron las razones del dragón; está inconclusa y a nadie parece importarle.

—Se me hace raro que no haya música —murmura Violeta—. En un festival debería haber música.

—¿No eres una barda? —pregunta Perxitaa, lanzándole una mirada—. Ese es tu trabajo.

A pesar del miedo que le habría dado hacer algo así en su mundo, aquí es sorprendentemente fácil encontrar un sitio adecuado y ponerse a cantar. La gente se arremolina en torno a ella mientras le da cuerda a la caja de música y canta las estrofas que le son ya tan familiares. No es una canción larga, hay partes que faltan y no tiene final, pero parece tener un efecto en la gente y el entorno; cuando su voz se apaga, una flauta continúa con la melodía que ella empezó, y a la flauta se une una guitarra, y de repente hay música flotando en el aire.

A partir de entonces hacen lo mismo en todos los pueblos por los que pasan, encontrándolos silenciosos y abandonándolos con música sonando a su espalda.

Quizá durante el camino se acostumbran tanto al sonido de los instrumentos y a las canciones recién recordadas que, precisamente por eso, el silencio sepulcral que los envuelve cuando llegan a Adagio les resulta tan chocante.

—Ahora entiendo por qué la llaman la ciudad maldita —murmura Ruperta, que camina muy pegada a la pierna de Violeta—. Hay algo desagradable en el ambiente.

La ciudad parece grande, más grande que todas las demás por las que han pasado, con edificios altos y majestuosas construcciones llenas de cristaleras de colores que convierten los rayos de sol en arcoíris proyectándose en el camino. Las calles parecen haber sido asfaltadas hace poco tiempo y las fachadas recién pintadas; todo está perfectamente colocado, como si acabaran de construirla y nadie hubiera llegado a habitarla. O, peor aún, como si quien la habitaba hubiese desaparecido, y la ciudad se hubiera ido quedando vacía, como suspendida en el tiempo.

—No me da la sensación de que la gente haya desaparecido —dice Violeta, ojeando a su alrededor—. Siento que aquí hay más personas, aparte de nosotros, pero no…, no puedo verlas.

—Están aquí —dice Perxitaa, estirando un brazo para señalar un punto vacío frente a ellos—. Pero apenas, no creo que les quede mucho para desaparecer por completo.

Violeta sigue la línea de su brazo con la mirada e intenta concentrarse. Al principio no ve nada, pero, poco a poco, nota cómo el aire cambia, cómo toma forma, hasta que puede distinguir la traslúcida silueta de una persona, y, entonces, cuando sus ojos se acostumbran, puede ver que hay muchas más, moviéndose a su alrededor, entrando en las casas, caminando por la calle y pasando por su lado.

—Es la maldición del dragón —murmura Violeta—. Pero ¿qué daño han podido hacer estas personas como para que las condenen a algo tan horrible?

—Supongo que lo averiguaremos si encontramos la torre del dragón y a la reina; después de todo, ese parece haber sido el catalizador.

—Debió de enfadarse mucho cuando la gente dejó de ir a verla y celebrar fiestas en su honor —dice Ruperta.

—La historia decía que se fue con el dragón por soledad, no por rabia —apunta Violeta, más para sí misma que para el resto.

Recorren la ciudad de punta a punta, pero no hay ni rastro de la reina ni encuentran nada que les dé una pista sobre qué fue lo que pudo desatar la ira del dragón. Intentan comunicarse con las personas con las que se cruzan, pero parece que no solo empiezan ellas mismas a ser invisibles para el resto del mundo, sino que el resto del mundo también está desapareciendo para ellas.

Las afueras del castillo de la reina, al contrario que la ciudad, están realmente vacías. No hay personas, ni visibles ni traslúcidas, ni ningún tipo de animal. Los jardines crecen descuidados, la maleza se ha apoderado de los muros de piedra y ha cubierto las escaleras de hierba y enredaderas. La elegante puerta de madera tallada está cerrada a cal y canto, y, por mucho que Perxitaa empuja, no se mueve ni un centímetro.

—¿Cómo podría alguien vivir sola en este lugar? —pregunta Ruperta, dándole suaves cabezazos a la puerta, como si eso pudiera abrirla—. Qué existencia tan solitaria...

Violeta se muerde el labio inferior, pensativa, mientras estudia la fachada del castillo; las enredaderas trepan hasta las torres más altas, cubriéndolo todo de verde, espinas y flores. En silencio, se pregunta si la maldición es realmente una maldición, o más bien el resultado de pasar demasiado tiempo en soledad.

—En Capella, Do perdió el control porque la gente empezó a tenerle miedo por culpa de un rumor —dice—. En Alla Marcia, fue el rencor de la gente lo que hizo que Mi volviera a su forma original… ¿Y si…? ¿Y si, en vez de ser el dragón el que ha maldecido la ciudad, han sido sus mismos habitantes los que lo provocaron?

—Tendría lógica —asiente Perxitaa, cruzándose de brazos—. Pero ¿qué clase de emoción negativa sería tan fuerte como para hacer que alguien quisiera desaparecer?

—Algo horrible, horrible. —Ruperta sacude la cabeza muy rápidamente, agitada.

—Siento algo que viene de dentro del castillo, también lo sentí en el pueblo, pero es demasiado débil y no consigo… —Violeta pone una mano sobre la pared del castillo—. Tenemos que entrar.

Cierra los ojos y se concentra en el tacto frío de la piedra bajo sus dedos, en la humedad de las plantas que crecen entre las grietas de la piedra, en la superficie lisa y suave de las enredaderas que se extienden en todas direcciones. Nota la vibración de la piedra y de las plantas, el ronroneo de la tierra bajo sus pies, una cacofonía de sonidos suaves y profundos que, al unirse, forman una melodía familiar y reconfortante. Siente el calor de la caja de música que descansa contra su pecho, colgada de su cuello, el momento exacto en el que los engranajes empiezan a girar y la música se eleva lentamente y se mezcla con su propia voz cuando le ordena a la piedra que abra un camino.

Un estruendo se abre paso a través de la música y, antes de que Violeta pueda darse cuenta de lo que está ocurriendo, una mano la ha cogido del brazo y tira de ella con fuerza hacia atrás.

—¿Qué…?

El aire se ha cubierto de polvo y de pedazos de piedra y hierba que salen despedidos en todas direcciones. Perxitaa se ha quitado la elegante chaqueta amarilla y la usa para cubrir su cabeza y la de Violeta, protegiendo sus ojos de los escombros.

El ruido se detiene tan rápido como apareció y, cuando por fin la nube de polvo se disipa y parece seguro abrir los ojos, la imagen que se presenta ante ellos es imponente: las piedras que forman la pared se han movido, hundiéndose en unos puntos y sobresaliendo en otros, utilizando las enredaderas como unión y formando una escalera que sube desde el suelo hasta una de las almenas del castillo.

Ruperta y Perxitaa le lanzan una mirada y Violeta sonríe. Nota cómo ha disminuido su energía, pero no ha sido, ni de lejos, tan agotador como las primeras veces.

—Le estoy cogiendo el tranquillo a esto —dice, tomando a Ruperta en sus brazos para empezar a subir por la improvisada escalera.

Cuando llegan a la almena le arden los pulmones. Se deja caer sentada contra la pared para recuperar el aliento y Ruperta echa a correr para explorar. Perxitaa estudia su entorno con curiosidad, pero no parece en absoluto cansado, y Violeta se pregunta si será algún tipo de superpoder.

—La puerta está abierta. —Ruperta vuelve trotando hacia ellos con expresión de satisfacción—. Es pequeña, pero creo que cabréis.

La puerta en cuestión resulta no ser más que un ventanuco, casi un simple agujero abierto en la piedra, pero, por suerte, es lo suficientemente grande como para que pasen uno a uno.

El interior del castillo es increíblemente luminoso, teniendo en cuenta la falta de ventanas. Hay rosetones que ocupan paredes enteras y muestran escenas de gente elegantemente vestida en mitad de un baile, y sus trajes, hechos de cristales de colores, brillan como caleidoscopios al atravesarlos la luz. Los suelos están cubiertos por alfombras de colores brillantes perfectamente colocadas, y el escaso mobiliario es tan blanco que atrapa la luz y la refleja en todas las direcciones.

—Es como el castillo de la Bella y la Bestia, pero al revés —murmura Violeta, mientras ascienden por la elegante escalinata.

—¿Esos son los gobernantes de tu mundo? —pregunta Ruperta.

—¡Ojalá! —exclama Violeta, soltando una carcajada.

El silencio a su alrededor es tan profundo que su risa hace eco y retumba en las paredes, viajando hasta el altísimo techo y repitiéndose desde todas las direcciones. El suelo tiembla bajo sus pies, como el ronroneo profundo y grave de un gato gigante, y la repentina ola de sensaciones que la golpea es tan grande que Violeta tiene que agarrarse a la robusta barandilla dorada que recorre el costado de la escalinata para no perder el equilibrio.

Cierra los ojos y sacude la cabeza para intentar centrarse, pero, cuando los abre, el escenario ha cambiado: ya no está en la escalera, sino en un elegante salón de baile en el que varias parejas vestidas con coloridos trajes de gala se mueven con gracia de un lado a otro. En un escenario, una banda toca una animada melodía, y, alrededor de la pista, varios grupos de personas beben, hablan y se ríen. Presidiendo la fiesta, al final de una corta escalinata de piedra, se alza un imponente trono dorado que imita a una flor abierta, y sentada en el centro está la mujer más hermosa que Violeta ha visto nunca; con el largo pelo rubio recogido en un intrincado moño alto, los ojos verdes como esmeraldas y el deslumbrante vestido celeste esparciéndose a su alrededor como una cascada, parece una criatura de otro mundo, que observa a la gente a su alrededor con una sonrisa magnánima y radiante.

La escena es alegre, pero algo en el pecho de Violeta se encoge desagradablemente al verla.

La banda cambia de canción, y la escena se disuelve ante sus ojos, solo para dejar paso a una que es muy distinta: la sala es la misma, la banda también, pero esta vez hay menos gente, y, cuando se gira a mirar a la reina, su resplandor parece haberse hecho más leve. Esto ocurre varias veces: con cada cambio de canción, la escena se desvanece y cambia, y Violeta presencia cómo la sala se va vaciando, hasta que solo queda la reina, sentada en su precioso trono, con la expresión más triste que ha visto en su vida.

—Estás sola —murmura, con la mirada clavada en la mujer, cuyos ojos se han vuelto opacos y oscuros—. Se olvidaron de ti y te quedaste sola, y este enorme castillo se convirtió en una prisión en vez de un hogar.

En ese momento reconoce la sensación que la persigue desde el pueblo: la soledad. Siente una soledad punzante y abrumadora que hace que se le llenen los ojos de lágrimas. A través del huracán que le ha estallado en la mirada puede distinguir que la mujer se ha girado, y ahora esos ojos tristes están fijos en ella.

—¿Por qué lloras? —pregunta, con la voz suave como el tintineo de un cascabel—. ¿Estás sola tú también?

Violeta se ve a sí misma. Ve su propia mirada triste en el espejo, recuerda todo el tiempo que pasó pensando que si estaba sola era porque debía haber algo mal en ella, que había algo que todo el mundo entendía y que a ella se le escapaba por completo. La sensación es dolorosa, pero también distante, como si le hubiera pasado a otra persona, en otra vida. ¿Cómo puede ser, cuando hasta hace tan poco era tan intensa?

La asalta la imagen de unos ojos verdes que se ríen, una risa que parece venir de todas partes a la vez. «Animarte, ya sabes, apoyo moral.» Un enorme jabalí negro que corre hacia ella en mitad de una batalla. «He venido a buscarte.»

—Durante mucho tiempo —dice—, pensaba que sería así para siempre, pero, ¿sabes?, era mentira. Solo tenía que seguir adelante yo sola y, al final…

—No —la corta la reina, poniéndose en pie—. No puedo, no puedo más.

—Sí —replica Violeta—. Puedes hacerlo sola, hasta que llegue el día en el que dejes de estarlo.

—¡No!

Los ojos de la reina brillan con una mezcla de rabia y dolor, sus delicadas facciones cambian también y, mientras avanza hacia ella, se transforma en un dragón.

CAPÍTULO 9:
La reina dragón

Las paredes tiemblan, el suelo tiembla, toda la sala tiembla como sumida en un repentino terremoto.

Violeta se echa hacia atrás hasta que nota su espalda chocar con la pared, con los ojos clavados en el imponente dragón que se cierne sobre ella: sus escamas atrapan la luz que se cuela por las ventanas y brillan, iridiscentes, como un arcoíris. Las alas plegadas parecen talladas en oro y sus ojos, rasgados y brillantes, reflejan tornasoladas auroras mientras la observa con una mirada sorprendentemente humana.

Un miedo como no ha sentido nunca se apodera de cada uno de sus músculos, impidiéndola moverse. Quiere gritar, pero sus cuerdas vocales se niegan a responder, como si alguien las hubiera cortado de cuajo.

En un horrible instante, comprende que no tiene manera de salir de esta situación, que no hay nada que pueda hacer para vencer a esta criatura que, probablemente, acabe matándola de verdad.

«Qué aventura tan corta», piensa, suspendida en la fina línea que separa echarse a reír y romper a llorar.

—¡Violeta!

Mueve la cabeza hacia los lados, pero en la sala solo están ella y el dragón.

—¡Violeta, estamos aquí!

—¿Aquí dónde? —pregunta Violeta con un hilo de voz.

—¡Aquí, a tu lado!

Cierra los ojos e intenta calmarse. Puede oír como la larga cola del dragón se mueve de lado a lado, estrellándose contra las paredes de la sala de baile. Nota el suelo temblar bajo sus poderosas pisadas, el profundo sonido de su respiración. Pero hay algo más, algo más suave y familiar. Vuelve a abrir los ojos en el momento exacto en el que el dragón estira una pata y algo aferra su brazo, tirando de ella hacia un lado para apartarla justo cuando las largas garras se clavan en la pared.

Sacude la cabeza para despejarse y distingue, a su lado, la traslúcida imagen de Perxitaa, que todavía aferra su brazo como si fuera real y no una ilusión.

—¡Espabila! —grita él—. No es momento para tener una crisis.

—No estás realmente aquí —dice Violeta, frunciendo el ceño—. Aquí no hay nadie.

Algo se estampa con fuerza contra sus piernas y la habría hecho caerse de no ser por la mano que aún aferra su brazo.

—Estamos donde tú estés —exclama Ruperta, mirándola desde el suelo—. Te he esperado durante demasiado tiempo como para dejar que desaparezcas ahora.

El dragón se mueve a su izquierda, gira su enorme cabeza y fija su mirada en ella. De sus fauces sale un rugido que corta el aire y la hace estremecerse de pies a cabeza.

¡Violeta!
¡Violeta, estamos aquí!
¡Aquí, a tu lado!

Aterrada, se gira de nuevo hacia Perxitaa, cuya figura sigue siendo casi transparente.

—Esto me supera —murmura, y su voz suena como un instrumento roto.

—¿Qué necesitas? —pregunta él, en un tono tan serio que le resulta ajeno.

—Un héroe. Un héroe de verdad.

Él sonríe, con una sonrisa que parece pedir perdón y dar ánimos, todo a la vez.

—La única heroína que conozco está un poco indispuesta —dice—. Pero puedo ofrecerte un compañero, si lo quieres.

Un compañero. Las palabras resuenan en la mente de Violeta como un eco. Alguien que te cubra las espaldas mientras te enfrentas a tus monstruos. Baja la mirada hacia la mano que aferra su brazo y ya no es traslúcida, sino sólida; el amarillo de la chaqueta parece brillar como un neón. Más abajo, con la cabeza pegada a su pierna, el pelaje de Ruperta ha pasado de ser de un gris apagado a ser negro como el carbón, y los ojos que la miran con preocupación son dos pedazos de ónix que centellean como estrellas. Las presencias a su lado son tangibles y reales, y algo dentro de Violeta se relaja, como si la mano que le aprisionaba la garganta se hubiera soltado y pudiera, por fin, respirar.

El suelo tiembla de nuevo con cada paso del dragón, pero esta vez el temblor no desaparece, sino que se extiende hasta convertirse en algo distinto, en una nota sostenida que rebota en las paredes y se mueve de lado a lado, como una brisa. La siente en las plantas de los pies, le sube por las puntas de los dedos hasta la garganta. Se gira hacia el dragón, atrapando su mirada.

—No has desaparecido —dice, alzando la voz para hacerse oír por encima del estruendo de sus pisadas y su cola destrozando las paredes—. Te veo. Te oigo. Estás aquí.

Los ojos del dragón chispean, parece detenerse un momento, pero al instante siguiente vuelve a rugir, y de sus fauces sale una ráfaga de fuego que se dirige, implacable, hacia ellos.

Violeta aferra la caja de música con una mano y tira del hilo de la familiar melodía. Planta un pie con fuerza en el suelo frente a ella y la piedra se abre, se separa, y luego vuelve a juntarse y crece, formando una pared que llega hasta el techo y bloquea la llamarada.

—¡Hacia la puerta! —grita, empujando a Perxitaa hacia atrás—. Tenéis que salir.

—No vamos a dejarte aquí sola —protesta Ruperta, plantando las patas con decisión en el suelo.

Violeta frunce el ceño y suelta un gruñido de frustración.

—Entonces vámonos todos.

Perxitaa ya está en la salida, sosteniendo la puerta abierta con una mano para que Violeta y Ruperta puedan pasar. Una vez fuera, sale tras ellas y la cierra de un portazo.

—Fuera del castillo hay más espacio para maniobrar —dice, guiándolas por los pasillos hasta la escalinata principal.

Un rugido hace temblar las paredes y Violeta se detiene en seco.

—No puedo irme —dice—. No puedo dejarla aquí sola.

—Si se te ocurre un plan para vencerla, a tope con él, pero, si no, lo mejor es que nos retiremos. —Perxitaa ha cogido a Ruperta en brazos y ambos la miran con apremio.

Otro rugido, las paredes tiemblan de nuevo, y la vibración se extiende por todo su cuerpo hasta que es todo lo que puede oír.

—Gracias por no dejarme desaparecer —dice, lanzándose hacia delante y dándoles un breve abrazo, antes de echar a correr en la dirección por la que han venido.

Cuando oye que la siguen, le ordena a la piedra que se levante, y yergue un muro para detenerlos.

Ahora está atrapada en el estrecho pasillo y puede ver al dragón, que se acerca desde el otro lado. Con las alas plegadas y el cuerpo encogido por el reducido espacio, más que sentirse amenazada, Violeta siente pena. Qué triste debe ser pasar los días aquí encerrada sin nadie, aislada del mundo.

—Te oigo —dice, con el tono más alto y más calmado del que es capaz. Deja que la melodía que pugna por salir se apodere de ella, que las palabras, aunque incompletas, sin principio ni final, se creen solas y tomen forma cuando separa los labios—. *Nada más que ella misma, para poder avanzar. Que la soledad es una mentira que le cuentan para que piense que cuando se caiga no será ella quien tenga la fuerza para volverse a levantar.* —Una llamarada se extiende por el pasillo como por un embudo, directa hacia Violeta, que se lanza contra ella mientras sostiene la caja de música en alto y le ordena que se aparte—. *Que lo malo no dura para siempre, que...*

La melodía se disipa, su voz se apaga, el fuego se parte en dos y pasa lamiéndole los costados sin hacerle daño, y, cuando el humo y las brasas desaparecen, solo queda la figura de una mujer, de pie al otro lado del ennegrecido pasillo.

—Sol —llama Violeta, avanzando lentamente—. Sol, ¿puedes oírme?

La figura alza la cabeza, y un par de ojos como esmeraldas se posan sobre Violeta como si fuera la primera vez en años que ve a alguien.

—Te oigo —dice—. Te veo. ¿Estás aquí? ¿Me oyes?

Violeta deja escapar un suspiro de alivio y sonríe, apoyándose contra uno de los muros para evitar caerse cuando nota que le fallan las piernas.

—Te oigo —dice—. Estoy aquí.

Avanzan la una hacia la otra con pasos débiles, y, cuando por fin se encuentran frente a frente, en la mitad del pasillo, Sol se deja caer hacia delante, agotada, en los brazos de Violeta.

Así es como las encuentran Perxitaa y Ruperta, no mucho más tarde.

—¡Nos la jugaste! —exclama Ruperta—. Muy mal, Violeta, muy mal.

—Lo siento. —Violeta le dedica una mirada arrepentida—. No sabía qué hacer.

—Bueno, bien está lo que bien acaba. —Perxitaa estira los brazos por encima de la cabeza con una sonrisa radiante—. Parece que no necesitabas un héroe, después de todo.

Violeta deja caer la mirada al suelo y se muerde el labio inferior, intentando reprimir la sonrisa.

—Resulta que puedo ser mi propia heroína, si mis compañeros son los adecuados. —«¿Oyes eso, Violeta del pasado? —piensa—. Algún día encontrarás a los compañeros adecuados, y todo lo malo habrá valido la pena.»

CAPÍTULO 10:
El laberinto y el bardo

Cuando salen del castillo, ha caído la tarde y el cielo se ha teñido de una mezcla de rosas, morados y naranjas. Sol se detiene en la parte superior de las escaleras y las observa como si la idea de bajarlas le diera pavor.

—La ciudad debe haber vuelto a la normalidad —dice, con voz suave y expresión ausente—. Os deseo lo mejor en vuestro viaje.

—Tú vienes con nosotros. —Violeta la coge de la mano y le dedica una mirada confusa—. No te vas a quedar aquí sola con todo lo que ha pasado.

—Este sitio da miedo —interviene Ruperta, que ya ha bajado las escaleras y las espera en la base.

Sol se muerde el delicado labio inferior, insegura, y sacude la cabeza.

—No puedo abandonar el castillo —dice—. No soy como ellos; si me alejo, desapareceré.

—Desaparecerás si te quedas aquí sola —espeta Violeta, frunciendo el ceño—. Si no vienen a ti, tendrás que ir tú a ellos.

Si te quedas esperando a que alguien venga a salvarte, te quedarás aquí para siempre.

—Pero tú viniste —apunta Sol, dedicándole una pequeña sonrisa.

—Bueno, sí, pero… Eso no va a funcionar dos veces, ¿sabes? A partir de ahora, si quieres que te vean, vas a tener que dejarte ver. Si sigues pensando que no eres como ellos, ellos también lo pensarán, y eso no hará más que alejarlos de ti. Tiene sentido, ¿no?

Sol parece pensárselo un momento, pero finalmente asiente y, aferrando con fuerza la mano de Violeta, la sigue escaleras abajo.

Cuando llegan a la ciudad, esta se encuentra en ese punto intermedio que separa el día de la noche; los dependientes están cerrando las tiendas, mientras que los cocineros y camareros abren los bares y restaurantes. Las farolas se encienden una a una, y las luces de colores que cuelgan de una a otra se iluminan como bolas de Navidad. En las calles reina un bullicio agradable que se va apagando conforme Violeta, Sol, Perxitaa y Ruperta avanzan, y las conversaciones se convierten en murmullos.

Violeta nota a Sol tensarse a su lado, tiene la cabeza gacha y la mirada clavada en el suelo.

—La reina —dice alguien en voz alta—. Es la reina.

—¿La reina? —pregunta otra voz—. La reina nunca sale del castillo.

—Pero es la reina.

Sol alza la cabeza y le dedica a Violeta una mirada aterrada.

—¡La reina ha venido! —grita otra voz—. ¡Es una bendición!

La gente empieza a arremolinarse a su alrededor, hablando los unos por encima de los otros, saludando a Sol con inclinaciones de cabeza, ofreciéndole bebidas e improvisados ramos de flores.

—No comprendo —dice Sol, paseando la mirada por su alrededor.

—Eres bastante imponente. —Perxitaa le dedica una mirada tranquilizadora—. Es normal que tuvieran miedo de acercarse, pero, si eres tú quien se acerca, supongo que les da seguridad.

Una mujer se aproxima con una niña pequeña, que le tiende una corona de flores, que Sol acepta con ojos llorosos y una sonrisa vacilante.

—Nunca ha venido a visitarnos —dice la mujer—. Es un gran honor. ¿Permitirá que organicemos una fiesta para celebrarlo? ¿Se quedará?

—Sí, yo, no sé…

—¡Nos quedaremos! —exclama Violeta—. Os cantaré una canción.

La gente de la ciudad trabaja rápido. De un momento a otro, las calles están llenas de personas, el dulce olor de los puestos de comida callejera impregna el aire y unos hombres han montado un improvisado escenario en el centro de la plaza para que Violeta pueda cantar. Sol pasa de un grupo a otro, todos le ofrecen comida, bebida e historias. La alegría de los ciudadanos ante la visita de su reina es tan real que todas las reservas que esta pudiera tener desaparecen conforme avanza la noche. Cuando Violeta intenta cantar la canción, se da cuenta de que la nueva estrofa tampoco encaja, pero decide no mencionarlo hasta haber tenido tiempo de analizarlas todas.

El amanecer encuentra a Violeta, Perxitaa, Ruperta y Sol en la salida este de la ciudad.

—Si seguís este camino, deberíais llegar a la Llanura de Antífona —dice Sol—. Es donde viven los bardos y de donde salen todas las canciones de Ceol. El castillo de la Bruja Melodía se encuentra al otro lado de la Llanura.

—¡Bardos! —exclama Violeta—. Nunca he conocido a un bardo real.

Sol sonríe, pero su expresión se torna preocupada al instante.

—Tened cuidado —advierte—. El aire trae un sonido extraño.

—¿Qué vas a hacer tú?

—Me quedaré aquí —aparta la mirada, mordiéndose el labio inferior para reprimir la sonrisa que tira de las comisuras de sus labios—, en la ciudad, me refiero.

Cuando se despiden, parece tan feliz que la imagen del dragón se desdibuja en la mente de Violeta hasta casi desaparecer.

—La Llanura de Antífona es el lugar favorito de la Bruja Melodía —comenta Perxitaa mientras caminan, y su voz adquiere un tono suave y afectuoso—. Solía decir que ahí es donde la magia es más fuerte.

—¿Solía? —Violeta le lanza una mirada de soslayo.

—Hace mucho que no… La Bruja lleva mucho tiempo encerrada en la sala del trono —explica—. Aparte de darme la caja de música y de ordenarme ir a buscarte, no…

Se le corta la voz y frunce el ceño, como si el hablar le causara daño físico.

—Nos daremos prisa —dice Violeta, poniéndole una mano suavemente en el brazo y dedicándole una sonrisa que, espera, parezca reconfortante—. Purificaremos a todos los guardianes y salvaremos a la reina, ya verás.

Él sonríe, y Violeta no puede ignorar la punzada de culpabilidad que atraviesa su garganta al pensar que se está dejando llevar. El miedo que sintió ante el dragón todavía la hace estremecerse. Es plenamente consciente de que las cosas podían haber salido muy mal, y el hecho de que haya conseguido librarse del desastre tres veces seguidas no quiere decir que se haya convertido, de repente, en la heroína que Ceol necesita. Asegurar que rescatará a la Bruja solo servirá para que tanto Perxitaa como Ruperta se arrepientan de haber confiado en ella cuando, eventualmente, fracase.

Tal como ya había avisado Sol, conforme se acercan a la Llanura, el ambiente se va volviendo extraño; el aire arrastra sonidos disonantes que pesan en los oídos de Violeta como si tuvieran forma física. El terreno se vuelve montañoso y árido, lo que hace que avanzar sea considerablemente más complicado, hasta que, finalmente, se detienen en la base de una enorme montaña en cuyo centro se ha abierto una profunda grieta, partiéndola en dos.

—Al otro lado está la Llanura —dice Perxitaa, apuntando hacia la grieta.

—¿Y si la montaña se nos cae encima mientras cruzamos? —pregunta Ruperta, que se mantiene muy pegada a la pierna de Violeta.

—Es el único camino. —Perxitaa se cruza de brazos y arquea una ceja.

—Hasta que lo has dicho, no se me había ocurrido que se nos podría caer encima —murmura Violeta.

—Lo siento. Solo quería… exponer una posibilidad.

Con una última mirada acusatoria hacia Ruperta, echan a andar hacia la grieta. De cerca es mucho más amplia de lo que parecía: las dos mitades de la montaña se alzan a ambos lados como gigantescas paredes de roca, cuyas partes superiores se inclinan hacia dentro de tal manera que el cielo se convierte en una fina línea azul que aparece y desaparece según avanzan y la inclinación de las dos partes de la montaña se vuelve más o menos pronunciada.

—Me gustaría poder mirar el reloj —suspira Violeta—. Debemos llevar horas andando y no parece que estemos más cerca de la salida.

—Esto no es normal. —Perxitaa se detiene y ojea su alrededor, paseando la mirada por el mismo paisaje que llevan viendo desde que entraron—. La montaña no es tan larga.

—Parece uno de esos juegos antiguos de Nintendo en 2D en los que solo puedes avanzar hacia delante por un escenario que se repite todo el tiempo.

Perxitaa y Ruperta le dedican una mirada extrañada y Violeta se encoge de hombros.

—Ya hemos pasado por aquí —apunta Ruperta, centrando la mirada en el suelo.

—¿Cómo lo sabes?

Ruperta hace un gesto con la cabeza hacia algo que hay en la tierra frente a ella, y, cuando Violeta y Perxitaa se agachan para ver mejor, se dan cuenta de que son pisadas. Las siguen con la mirada hasta que se pierden por el camino ante ellos, solo para darse cuenta de que son, efectivamente, sus pisadas.

—Estamos caminando en círculos —exclama Violeta, dejándose caer de espaldas al suelo con un quejido de agotamiento—. No me lo puedo creer. De verdad que yo flipo, ¿qué…?

—¡Vamos a morir!

—No perdáis los nervios, anda —masculla Perxitaa—. Obviamente está pasando algo. ¿Qué fue lo que te dijo Sol? ¿Que el aire traía…?

—Un sonido extraño —termina Violeta, incorporándose—. Lo llevo oyendo desde antes de que entráramos, parecen como unos…, unos chirridos, es muy desagradable.

Perxitaa y Ruperta intercambian una mirada.

—¿Y de dónde vienen? —pregunta Perxitaa, tendiéndole la mano para ayudarla a levantarse—. ¿Podrías seguirlos?

—Parece que vienen de todas partes —dice Violeta—, pero puedo intentar… ver de dónde llega el viento.

Cierra los ojos y respira hondo, concentrándose en sentir el roce del viento sobre la piel. Poco a poco, los sonidos se vuelven más intensos, parece una banda de música donde nadie sabe tocar y todos los instrumentos están desafinados. Mueve la cabeza en la dirección donde el sonido parece ser más fuerte y empieza a avanzar con cuidado. Entonces nota también la suave presión de la mano de Perxitaa sobre su brazo, moviéndose con ella para evitar que tropiece.

Cuando abre los ojos están de pie frente a uno de los lados de la montaña, y, ante ellos, la roca se ha partido ligeramente en una hendidura lo suficientemente grande como para que pueda pasar una persona.

—Viene de ahí. —Violeta coloca una mano sobre la piedra y siente la vibración que la recorre por dentro—. Tenemos que…, eh, meternos por aquí.

Ruperta suelta un sonido ahogado que parece una mezcla entre un graznido y un ladrido.

—Eso ni siquiera es un camino —protesta.

Perxitaa se encoge de hombros y avanza hacia la grieta, adentrándose lo justo para comprobar que es lo bastante grande como para pasar a través de ella sin problemas.

—Si preferís quedaros dando vueltas por el mismo camino hasta deshaceros, adelante, pero yo me piro. —Y dicho eso, desaparece en el interior de la grieta.

Violeta y Ruperta se miran, luego observan la grieta, y luego vuelven a mirarse.

—No puede ser peor que quedarnos aquí dando vueltas, ¿no?

—Yo voy donde tú vayas —dice Ruperta con solemnidad—. Aunque esto no me hace ninguna gracia.

Violeta sonríe y se gira de nuevo hacia la grieta, tomando aire profundamente.

—Vamos allá, pues.

El interior de la grieta es estrecho y oscuro, pero los sonidos son mucho más fuertes que afuera. Avanzan con cuidado para no tropezar y rozando las paredes con las manos para apoyarse. Violeta es consciente de la presencia de Perxitaa ante ella y de la de Ruperta a sus pies, aunque no es capaz de distinguir sus siluetas.

—Vamos a morir —gime Ruperta—. No vamos a poder salir de aquí nunca, y vamos a…

—No recuerdo que fueras tan pesimista —masculla Perxitaa—. ¿Podrías no hablar de muerte hasta que hayamos salido de aquí?

Cuando salen de la grieta, el escenario que se encuentran es sorprendentemente parecido al que dejaron al otro lado: un camino de tierra árido que se abre paso entre dos gigantescas paredes de piedra. A pesar del tiempo que debe haber pasado desde que salieron de Adagio, la fina línea de cielo que se puede ver entre las dos montañas sigue siendo de un brillante color azul.

—Estamos en el mismo sitio —murmura Violeta con incredulidad—. ¿Cómo puede ser que estemos en el mismo sitio?

—¿Puedo hablar de muerte ahora?

Perxitaa se gira hacia Ruperta para lanzarle una mirada asesina.

—Sigamos avanzando —dice—. ¿Puedes oír algo?

Violeta asiente, mientras se percata de que los sonidos son cada vez más fuertes y menos acompasados. Intenta ignorar el incipiente dolor que puede sentir naciéndole en las sienes y se encamina hacia el lugar en el que el sonido es más fuerte: otra grieta exactamente igual que la anterior.

—No me lo digas —interviene, antes de que Perxitaa pueda hablar—. Vas a decir que entremos, ¿verdad?

Él le dedica una amplia sonrisa y desaparece entre las paredes de la grieta. Violeta y Ruperta se limitan a seguirlo con un suspiro. Este proceso se repite unas cuatro veces más, hasta que queda claro que no solo están moviéndose en círculos, sino que, sea cual sea el lugar en el que están, parece no tener salida.

—Es un laberinto —dice Perxitaa, cuando salen de la sexta grieta solo para encontrarse en otro camino exactamente igual que el anterior—. Debe haber otras grietas que nos lleven a otros caminos, pero estamos eligiendo siempre la misma.

—¿Sabías que había un laberinto en la Llanura? —pregunta Violeta frunciendo el ceño.

—No lo hay. Esto tiene que ser obra de la nota que guarda la Llanura. —Se gira a mirar a Violeta con una expresión tan seria que no encaja en absoluto con su cara pintada de blanco—. ¿Cómo son los sonidos que escuchas?

—Como... ruido. Como muchos instrumentos que suenan a la vez, pero desacompasados y desafinados.

—Tienes que intentar separarlos. Concéntrate en uno de ellos e intenta separarlo del resto.

—¿Y cuál elijo? Todos suenan igual de mal.

Perxitaa se encoge de hombros.

—Yo qué sé, el que quieras. Tú eres la que los oye, ¿no? Elige uno.

—¿Y si le pido a la piedra que..., no sé, que nos eleve hacia la cima de la montaña?

—¡Ese plan me gusta más! —exclama Ruperta, saltando emocionada.

Hubiera sido un buen plan, de haber funcionado; sin embargo, cuando intenta entonar la melodía de la piedra y la tierra, Violeta se da cuenta de que no es capaz de recordarla. Las notas se le mezclan en la cabeza como una madeja de hilo, y cuanto más tira, más se enmaraña.

—No puedo —murmura, mirando la caja de música con confusión—, no puedo… No recuerdo la melodía.

—¿Cómo que no puedes? —Ruperta la mira con los ojos abiertos de par en par.

—No puedo —repite Violeta, y cada vez que lo dice las palabras le pesan un poco más.

—Da igual. —Perxitaa le pone una mano en el hombro—. Ya las recordarás, ahora vamos a intentar usar los sonidos que sí puedes oír.

Incapaz de ofrecer un plan mejor, Violeta asiente y se concentra en el ruido que llena el aire, rebotando en la piedra y perdiéndose por las grietas. Hay un sonido más agudo, uno que parece el pitido de una flauta, y, oculto entre todos los demás, uno más grave, como las notas de un piano. Decide centrarse en ese, cogerlo y tirar de él hasta separarlo de los otros. Una vez que el resto de los sonidos han pasado a un segundo plano, se mueve siguiendo las disonantes notas del piano hasta detenerse ante otra grieta.

Perxitaa se adentra en ella sin decir nada, y Violeta y Ruperta, resignadas, vuelven a seguirlo.

Lo que encuentran al otro lado es un paisaje que, a simple vista, parece igual que el anterior, y, sin embargo, hay algo con lo que no se habían cruzado hasta ahora.

—Es una persona —exclama Ruperta—. ¡Una persona!

La figura está sentada sobre una roca y parece sobresaltarse cuando oye a Ruperta. Se pone en pie lentamente y se gira hacia ellos.

—¿Qué hacéis aquí? —pregunta con voz ronca.

Es una persona de aspecto andrógino cuya edad y género son imposibles de discernir; lleva un elegante chaqué rojo de cuya cola cuelgan dos pequeños cascabeles. Su pelo, de un rubio tan claro que roza el gris, está recogido en una larga trenza en la que se entrelazan varios hilos de colores.

Apoyada en la roca a su lado hay una elegante lira de madera tallada, con las cuerdas brillantes y coloridas.

—Es un bardo —murmura Perxitaa, inclinándose ligeramente hacia Violeta—. Eso quiere decir que sí estamos en la Llanura de Antífona.

—Pero… ¿es normal que solo haya uno?

—No —dice Perxitaa—. Nada de esto es normal.

CAPÍTULO 11:
La niña en el centro del laberinto

El bardo camina hacia ellos lentamente, como quien se acerca a un animal salvaje.

—¿Quiénes sois y qué hacéis aquí? —pregunta con una voz suave y melódica cuya reverberación se queda flotando en el aire unos instantes antes de desaparecer. Su voz, como el resto de su aspecto, no delata ni su género ni su edad. Y su piel es del color del caramelo y parece increíblemente suave.

Violeta piensa que debería parecerle extraño, y sin embargo no se lo parece.

—Somos viajeros —responde Perxitaa, antes de que Violeta pueda hablar—. Teníamos intención de cruzar la Llanura, pero nos está resultando…, eh, imposible.

El bardo suspira y sacude la cabeza, cruzándose de brazos. Todos sus movimientos son elegantes y cuidadosos.

—La Llanura ahora es lo que veis, no hay salida.

—¿Sabría decirnos cómo ha ocurrido?

—No —admite el bardo, y su voz adquiere un tono apesadumbrado—. Nos llegaron rumores de que los reinos estaban sufriendo fenómenos extraños, así que varios de nosotros nos marchamos a investigar; sin embargo, cuando regresamos…, bueno, había más bardos conmigo, pero ahora solo estoy yo.

—¿Oísteis algún sonido extraño? —pregunta Violeta—. ¿Como una orquesta desafinada y ruidosa?

El bardo, por primera vez, centra toda su atención en ella.

—Sí —asiente—. Cada uno eligió un sonido distinto, y así es como acabamos separándonos.

—Así que los caminos no llevan todos al mismo lugar —Perxitaa se lleva la mano al mentón, pensativo—, solo lo parece.

—Pero… eres un bardo, ¿no? —interviene Violeta—. ¿Has intentado usar la magia para salir?

El bardo parece hundirse más, si cabe.

—No puedo —admite en un susurro—. No puedo recordar… la música. Por mucho que lo intente, las melodías no son más que una maraña de sonidos sin sentido.

—¿Ha ocurrido algo así antes, alguna vez?

—Nunca —niega el bardo—. Las canciones son parte de nosotros, jamás ha existido un bardo que haya olvidado la música, y ahora yo… soy incapaz, no puedo recordar, no puedo…

Sus ojos se vuelven opacos, como cubiertos por una capa de niebla, y su voz se hace cada vez más débil, hasta que acaba murmurando para sí mismo tan rápido y en un tono tan quedo que es imposible discernir lo que está diciendo. Violeta y Perxitaa intercambian una mirada extrañada.

—Es como si ya no estuviéramos aquí —dice Ruperta, oliendo la lira con interés—. Se ha debido de volver loco al pasar tanto tiempo en este sitio.

Violeta vuelve a mirar al bardo y se estremece solo con pensar que podrían acabar como él.

—Si hemos llegado hasta aquí, quiere decir que podemos llegar hasta los otros. —Se gira a mirar el camino ante ellos, decidida—. Solo tengo que separar los sonidos. Si seguimos uno distinto cada vez, deberíamos ser capaces de encontrar a los demás.

Los sonidos en el aire, que ya se han convertido en un incesante y monótono ruido, parecen cobrar sentido durante un instante, y, de entre ellos, Violeta distingue una voz. «¿Por qué hablas como si estuvieras segura, cuando no lo estás?», murmura la voz, tan cerca de su oreja que casi puede sentir el aliento de una boca invisible respirándole sobre la piel. «¿Por qué finges que sabes lo que estás haciendo? ¿De verdad crees que puedes…?»

Ah. Un recuerdo. La expresión amable y ligeramente decepcionada de su madre mientras le pregunta: «¿De verdad crees que puedes dedicarte a la música? ¿Crees que puedes vivir de ello?». Escucha risas en algún lugar, murmullos que repiten palabras familiares y dolorosas que se le clavan en la garganta como espinas, haciendo que respirar sea cada vez más difícil. «No puedes pasar la audición. No eres tan buena. Ese sueño que tienes es imposible. Qué ilusa...»

Una mano en su hombro. El peso es familiar y reconfortante, pero tiene la vista nublada y ante ella solo hay tierra y roca, que se extienden en todas direcciones, sin entrada ni salida.

—Deberías haberme hecho caso cuando dije que os habíais equivocado conmigo —murmura, intentando concentrarse en respirar hondo para no echarse a llorar—. Lo siento, siento haber dicho que podía salvar a la Bruja. No puedo, ni siquiera puedo recordar las canciones; no puedo sacarnos de aquí, no hago más que tirar hacia delante sin tener ni idea y…

La mano se cierra sobre su hombro, dándole un ligero apretón.

—Eso es lo que hacen los héroes, ¿no? Tirar hacia delante sin tener ni idea.

Violeta alza la mirada y Perxitaa está sonriendo como si no fuera consciente de la situación en la que se encuentran.

—Deberías estar más preocupado —le espeta, repentinamente enfadada—. ¿Por qué parece que todo te da igual? ¿No te das cuenta de que vamos a quedarnos aquí para siempre?

Él suelta una carcajada que reverbera contra la roca, el eco recorre el camino en todas direcciones, y Violeta recuerda la primera vez que la oyó en la carpa del circo, esa risa que parecía venir de todas partes y de ninguna a la vez.

—Creo que deberías dejar de creerte todo lo que piensas —dice.

—¿Cómo sabes lo que estoy pensando?

Él hace un gesto hacia Ruperta, quien ahora está oliendo al bardo, que sigue murmurando para sí mismo.

—Tus emociones se reflejan en ella —dice—, y lleva un tiempo tan negativa que me dan ganas de dejarla atrás.

Violeta deja que su mirada se pose también en Ruperta, y le sobreviene una ola de culpabilidad.

—No quería... Es solo que no sé... No sé qué hacer —admite con un suspiro—. Este ruido me embota la cabeza y no puedo pensar.

—Vamos a intentarlo de nuevo —dice Perxitaa—. Elige otro sonido y sigámoslo, a ver adónde nos lleva.

Demasiado cansada como para discutir, Violeta asiente y cierra los ojos, concentrándose en separar los sonidos que amenazan con hacerle explotar la cabeza. Son más fuertes que antes. Ahora, además, se mezclan con voces que creía que había dejado atrás, dudas que pensaba que estaban ya olvidadas, murmullos que le recuerdan todo lo que no puede hacer, todo de lo que no es capaz.

Separa uno de los sonidos con dificultad y lo sigue hasta otra grieta. El proceso se repite de la misma manera que la vez anterior: atraviesan la grieta, llegan a otro camino exactamente igual que el que dejaron atrás, y en este nuevo camino encuentran otro bardo que parece no percatarse de su presencia, mientras murmura de manera inteligible para sí mismo.

Cuando se han topado con el quinto bardo, Violeta nota cómo incluso Perxitaa empieza a perder los nervios. Ahora sostiene a Ruperta en brazos, porque hace tiempo que decidió que ya no podía seguir caminando, y ambos llevan un buen rato sin hablar.

—Debe ser horrible para un bardo no recordar las canciones —dice de repente Ruperta, con voz cansada—. Es como olvidar cómo se respira.

—Quizá no era lo suyo —apunta Violeta, sin pensar—, quizá se estaban empeñando en hacer algo que no podían hacer.

Perxitaa resopla.

—¿Así es como funciona en tu mundo? —pregunta.

—Así es como funciona en todas partes. A veces nos convencemos de que podemos hacer algo de lo que en realidad no somos capaces, y claro, luego…

—¿Por qué intentarlo entonces? ¿No sería mejor abandonar desde el principio para ahorrarse el mal trago?

Violeta quiere refutar. Las palabras le arden en la garganta, pero no se ve capaz de pronunciarlas en alto, porque el ruido que le embota la cabeza se hace más fuerte y tira de ellas como si quisiera tragárselas. Cierra los ojos y sacude la cabeza para intentar concentrarse, pero hay demasiado ruido, demasiados sonidos y voces, todas hablando a la vez.

—¿Cantas una canción? —pregunta Ruperta de repente—. Como la que cantaste en el pantano.

Esa es una canción que recuerda.

—*Se oye una canción* —empieza, con voz queda— *que hace suspirar. Y habla el corazón de una sensación grande como el mar...*

Las palabras son como agua para el desierto que se había formado en su boca. Poco a poco, la familiar melodía se apodera de ella, acallando todas las voces y los demás sonidos, hasta que su mente, por un instante, se queda totalmente en silencio. Por fin, siente que sus músculos se relajan...

Y entonces se le ocurre que tal vez no estaba escuchando bien.

—Los sonidos —dice, dejando de cantar abruptamente—. Creo que no son sonidos sueltos, es una canción.

—¿Los ruidos?

Violeta asiente. Nota el familiar cosquilleo en las puntas de los dedos mientras intenta recordar el primer sonido que separó, las dispares notas del piano. Luego el desagradable pitido de la flauta. Se sienta en el suelo y se quita la mochila, rebuscando hasta encontrar su móvil, cuya batería está, como era de esperar, a punto de acabarse.

Abre la aplicación de la grabadora y empieza a tararear el sonido del piano, luego el de la flauta, y, poco a poco, va tirando de cada uno de los dispares murmullos que llevan tanto tiempo atormentándola, grabándolos todos.

—¿Qué estás haciendo? —pregunta Ruperta, saltando de los brazos de Perxitaa para inspeccionar el móvil—. ¿Es un aparato mágico?

—Espero que sí —dice Violeta, y pulsa un botón para que empiece a sonar lo que ha grabado, suplicando mentalmente que la batería no le falle justo ahora.

Lo que sale del aparato ya no parece ruido, sino una melodía rudimentaria. Toma aire y empieza a tararear. Su voz va mezclándose con la grabación hasta que parecen solo una, y en su cabeza, poco a poco, los sonidos se ordenan también, moldeándose y tomando una forma que por fin puede reconocer.

—*... la duda que repite, muy alto, «no puedo» se hunde cada vez que un paso intenta dar; mantiene la vista siempre pegada al suelo. Si mirara al cielo, tal vez vería de lo que es capaz. Vería quizá que no le hace falta...*

Frunce el ceño, intentando encontrar el resto de la canción, pero a pesar de que le quema en la punta de la lengua es incapaz de continuar.

Cuando vuelve en sí y alza la mirada, Ruperta y Perxitaa la están mirando con expresiones igual de ilegibles.

—¿Qué pasa? —pregunta, y se da cuenta de que los sonidos de su cabeza han desaparecido.

—Has recordado la canción. —Ruperta se tira sobre ella con un sonidito de júbilo.

—Siento que me voy a desmayar —admite Violeta, pasándose una mano por el pelo, solo para darse cuenta de que está sucio y enmarañado—. Lo estábamos haciendo mal —dice, forzando a sus doloridas piernas a ponerse en pie—. No tenemos que buscar la salida, sino el centro.

Perxitaa le dedica una sonrisa abierta y radiante y hace una exagerada reverencia.

—Después de ti.

Seguir la melodía es mucho más fácil ahora que no son solo un puñado de sonidos enredándose entre ellos, y, cuando se encuentran de nuevo frente a otra grieta exactamente igual a todas las anteriores, se siente sorprendentemente tranquila.

Al otro lado de la grieta, por fin, no hay tierra, sino un claro verde rodeado de montañas, en cuyo centro hay sentada una niña que se abraza las rodillas con fuerza, ocultando el rostro entre los brazos. Su pelo, largo y rojo, se esparce en el suelo a su alrededor, resplandeciendo como hilos de cobre sobre el césped.

Violeta se arrodilla ante ella con cuidado, y la niña, poco a poco, levanta la cabeza hasta centrar sus grandes ojos amarillos en ella.

—¿Quién…?

—Fa. —Sonríe Violeta—. Siento haber tardado tanto en encontrarte.

Los ojos de la niña se vuelven vidriosos, sus labios tiemblan, y, antes de que Violeta pueda registrar lo que ocurre, se ha lanzado sobre ella, rodeándole el cuello con los brazos y enterrándole el rostro en el hueco sobre el hombro.

Se oye un estruendo que hacer temblar la tierra. A su alrededor, las montañas se resquebrajan y empiezan a venirse abajo, levantando nubes de polvo y grava que se extienden por el aire con rapidez. Violeta sabe que debería hacer algo, pero no le quedan energías ni para moverse, así que se limita a aferrarse a la niña con fuerza, cerrar los ojos y esperar una avalancha que nunca llega.

CAPÍTULO 12:
La tierra de los bardos

Cuando Violeta abre los ojos, el polvo se ha disipado y el paisaje que la rodea ha cambiado por completo.

Donde antes había montañas y tierra estéril, ahora hay terreno plano que se extiende en todas las direcciones y colinas de un verde tan radiante que parece brillar, entre las que se ven dispersos parches de tierra cubiertos de luminosas flores rojas, rosadas y naranjas. A lo lejos, sobre el valle que nace, entre una conjunción de dos colinas cubiertas de girasoles, se distingue un gran grupo de coloridas carpas desplegadas que hacen que su mente vuele hasta el circo, al momento en el que cruzó las elegantes cortinas de terciopelo rojo y entró a un mundo totalmente nuevo.

Se le encoge el pecho y el aliento se le atasca en la garganta, y no sabe si lo que la abruma es el recuerdo o la belleza del paisaje que se abre ante ella como sacado de un cuento.

Un movimiento la hace despertar de su ensoñación, y recuerda que todavía sostiene a la niña entre sus brazos. La suelta con cuidado y se echa hacia atrás para dejarle espacio.

Cuando baja la mirada, se encuentra con unos grandes ojos amarillos que la observan con interés.

—¿Nos has salvado tú? —pregunta, y espera sonar tan agradecida como se siente—. Del derrumbe, quiero decir.

Los ojos de la niña se vuelven más pequeños cuando sonríe, y sus mejillas se hunden en dos hoyuelos que la hacen parecer aún más joven, si cabe. Asiente efusivamente, pone una mano sobre la hierba húmeda y su sonrisa se ensancha.

—Nos has salvado tú —dice una voz tras ella, cuyas palabras arrastran el tintineo de cascabeles y campanas, y Violeta es consciente, por primera vez, de que la reconocería en cualquier parte.

Nunca una voz le ha resultado tan placentera como una canción, hasta ahora.

—Ha sido más bien un esfuerzo conjunto —responde Violeta, girándose hacia Perxitaa y encogiéndose de hombros.

—Bueno, algunos hemos hecho más que otras —dice él, lanzándole una mirada de soslayo a Ruperta, que le embiste en la pierna con toda la fuerza de la que su pequeño cuerpo es capaz.

Fa, que los observa con expresión divertida, se pone en pie con cuidado y le tiende una mano a Violeta. Entre el sencillo vestido de tirantes blanco y la corona de flores que se entrelaza con mechones de largo pelo cobrizo, decorando su cabeza, su aspecto es muy parecido a como Violeta siempre imaginó que deberían ser las hadas.

—¿Vives aquí? —le pregunta.

La niña asiente y separa los labios, pero, en vez de palabras, lo que sale de ellos es un sonido delicado, parecido al suave tañido de una campana. Violeta le dedica una mirada extrañada, pero debe ser algo normal, porque la niña no parece sorprenderse, y se limita a girar sobre sí misma y echar a andar hacia el asentamiento de carpas que se ve a lo lejos, en el valle. Perxitaa, Ruperta y Violeta se apresuran a seguirla.

—Para tener las piernas tan cortas, camina sorprendentemente rápido —apunta Perxitaa, observando a la niña con una mezcla de admiración y sorpresa.

—Está claro que sabe hacia dónde va.

—Los guardianes no suelen salir de su territorio —dice Ruperta, que trota a su lado—, así que son los que mejor conocen el terreno que les toca proteger.

Se quedan en silencio un momento. Violeta le da vueltas a las estrofas de la canción en su cabeza, intenta juntarlas de manera que encajen, pero, excepto las dos primeras, ninguna parece tener sentido con respecto a las otras.

—Las estrofas no encajan —dice por fin—. No consigo encontrarles sentido.

—Bueno, ya te dije que no vamos en línea recta, así que no creo que haya que preocuparse.

Violeta frunce el ceño y se muerde el labio inferior, pensativa.

—Pero me da la sensación de que vamos a ciegas. Todas esas estrofas se me mezclan en la cabeza sin que pueda hilarlas, y no sé… Tengo la sensación de que el sentido de la canción es importante, de que tener los pedazos sueltos no sirve de mucho.

—Claro que es importante —dice Perxitaa—. Necesitamos completar la caja de música para abrir la puerta de la sala del trono, pero creo que el hecho de conseguirlas es más importante que el orden en el que las consigamos.

—Es solo… —Violeta se pasa una mano por los ojos y suspira—. No sé ni cuántos días han pasado, creo que mi cabeza y mi cuerpo no dan para más.

Fa aminora la marcha, obligándolos a caminar más lento también. Las carpas están esparcidas a lo largo del valle de tal

manera que se han ido adentrando en el asentamiento sin apenas darse cuenta. Ahora caminan entre opulentas tiendas hechas de gruesas telas de distintos colores y texturas, más parecidas a palacios en miniatura que a simples carpas de circo. Los techos de algunas terminan en picos, otras son cuadradas y otras redondas como coloridos iglús. Las telas que las cubren son abundantes y la mayoría están hechas de retales de varios tipos de tejido: lentejuelas verdes sobre terciopelo rojo, delicado raso dorado con paisajes bordados en negro y rosa, capas sobre capas de tafetán de distintos colores que forman arcoíris en las paredes y se extienden por el suelo...

El sol ha empezado a ponerse y la noche va cubriendo el campamento lentamente como un manto negro. De las entradas de las carpas cuelgan lámparas de metal talladas de tal manera que, conforme se van encendiendo, con luces de colores, proyectan sombras en el suelo y en las paredes de las carpas contiguas: escenas de animales, paisajes y personas bailando. La suave brisa las sacude de manera que parece que las figuras proyectadas se mueven con vida propia.

Violeta lo observa todo con los ojos castaños abiertos de par en par, la luz de las lámparas reflejándose como luciérnagas que bailan en sus iris. Es plenamente consciente de la sonrisa que le curva los labios; la nota estirarse tanto que le duelen las comisuras, pero sabe que intentar reprimirla sería imposible. Todo lo que ha visto desde que llegó a Ceol ha sido nuevo y fascinante, pero nada puede compararse con esto, con este lugar que desprende magia por cada esquina, cuyos colores son tan brillantes que ni la noche es capaz de apagarlos. Gira sobre sí misma, absorbiéndolo todo, memorizando cada tela, cada forma, cada color…, hasta que está segura de que podría conjurarlo todo de memoria si le hiciera falta, si este viaje resultara ser, finalmente, un sueño del que tarde o temprano le tocará despertar.

Casi se choca con Fa, que se ha detenido. La mano de Perxitaa sobre su brazo evita que se tambalee hacia atrás, y a la vez la obliga a sacudirse sus ensoñaciones y centrarse en lo que ocurre frente a ella.

Han llegado al centro del asentamiento, donde una gran hoguera encendida impregna el ambiente con una luz anaranjada. Alrededor de la hoguera hay largos bancos de madera tallada, y, un poco más lejos, fuera del halo de luz que provee el fuego, una elegante tarima de madera, tallada con imágenes de pequeños músicos que tocan todo tipo de instrumentos. Cuatro pilares de madera sirven como soporte para la cortina de luces que hace las veces de tejado, cayendo por los lados hasta perderse en el suelo como una permanente lluvia de estrellas.

Cuando consigue que su mirada deje de vagar por el escenario, Violeta se da cuenta de que hay personas sentadas en los bancos alrededor de la hoguera, mientras que otras personas salen y entran de las carpas colindantes, llevando platos de comida humeante y colocándolos en las mesas de madera que hay desperdigadas por el claro. Todos están tan concentrados en sus tareas que nadie parece darse cuenta de su presencia, hasta que el dulce tañido de campanas que es la voz de Fa se eleva en el aire, por encima del sonido de voces y pisadas, y atrae todas las miradas hacia ellos.

—¡Oh, por la Bruja! Mirad quién ha regresado.

Las figuras se detienen, todas dejan lo que estaban haciendo para centrar su atención en Fa, que se mantiene de pie, con la sonrisa creciéndole por momentos y los ojos danzando con la emoción de quien regresa a casa.

Una de las figuras se acerca, y, en cuanto ha entrado al círculo de la cálida luz del fuego, Violeta distingue al primer bardo que vieron en el laberinto, con el chaqué rojo atrapando el brillo de las llamas y los cascabeles de la cola tintineando suavemente cuando se mueve. El color de sus ojos parece cambiar cada vez que parpadea, y es imposible distinguir si es un juego de luces provocado por el fuego y las sombras, o si están cambiando de verdad. Cuando se posan en Fa, son de un color caramelo tan cálido que parece derretirse mientras la mira.

—Pequeña dama, ¿dónde te habías metido?

Fa se lanza hacia él de un salto, y el bardo la atrapa en sus brazos con facilidad, levantándola hasta que queda a su altura, y sus narices se rozan ligeramente en forma de saludo. Cuando la deja de nuevo en el suelo, la niña echa a correr, y el resto de los bardos se arremolinan instantáneamente en torno a ella.

—Os recuerdo —dice el bardo, dedicándoles una sonrisa delicada y agradecida—. No recuerdo mucho, pero os recuerdo a vosotros. —Se gira y fija sus ojos, que ahora parecen ligeramente rosados, en Violeta—. Escuché tu voz. Todos lo hicimos. Me atrevería a decir que no estaríamos aquí ahora de no ser por ti. ¿Me equivoco?

Violeta quiere decir algo, pero las palabras no le salen. Se queda plantada en el sitio, concentrándose en respirar e intentando ignorar los ojos perfectos fijos en ella, y los labios perfectos que se curvan en una sonrisa amable, y el pelo, largo y claro, que parece más suave que ninguno que haya visto en su vida.

—Yo..., bueno, nosotros..., quiero decir, no hice nada que... Yo solo... —Aparta la mirada, obligándose a centrarse en cualquier otra cosa que no sea la persona que tiene delante—. No fue nada —dice al fin.

El bardo se ríe y Violeta piensa que ese debe ser el sonido del que están hechas las canciones.

A su lado aparece otro bardo, de facciones perfectas e igual de andróginas, con el pelo negro como un cuervo recogido en un moño descuidado con esmero, y los ojos tan claros que parecen transparentes. Lleva un chaqué color turquesa por el que se extienden bordados que imitan las líneas de una partitura.

—Debéis estar agotados —dice, a modo de saludo—. Sería un honor si aceptarais pasar aquí la noche.

—Tenemos que seguir… —empieza Perxitaa, pero Violeta se adelanta y le corta antes de que pueda terminar.

—Sería lo más —dice, antes de poder pensar en sus palabras—. Quiero decir… Nos encantaría, claro.

Los bardos sonríen, satisfechos.

—No nos hemos presentado —dice el primer bardo—. Mi nombre es Siv, y el suyo, Nea.

—Violeta. —Violeta les tiende la mano, pero la deja caer cuando ve que ellos la miran sin entender del todo qué hacer—. Él es Perxitaa, y ella, Ruperta —añade, haciendo un gesto hacia la cerdita, que está sentada a sus pies, observando a los bardos como en trance.

Siv y Nea intercambian una mirada y sonríen.

—Sabemos quiénes sois —dice Siv—. El viento nos ha hablado de vosotros. De lo que habéis hecho.

—Y de lo que vais a hacer —concluye Nea—. Hay manantiales en la arboleda tras la colina. Continuaremos la conversación después de que hayáis descansado. ¿Es aceptable?

—Muy aceptable —dice Ruperta, que parece salir de su estupor—. Muy muy aceptable.

Las risas combinadas de los bardos forman una melodía alegre que hace que a Violeta se le encoja el estómago.

—Solo son bardos —masculla Perxitaa, mientras siguen el camino de luces que recorre la arboleda hacia los manantiales—. No saben hacer nada más que cantar.

Violeta suelta una carcajada que resuena en el silencio de la noche.

CAPÍTULO 13:
El fantasma de los sueños

Violeta pasa en el manantial lo que le parecen horas.

Perxitaa ha desaparecido y Ruperta chapotea en un charco cercano, así que, por lo que parece la primera vez desde que empezó el viaje, se permite relajarse y hundirse en el agua cristalina y templada hasta la coronilla.

Cuando sale y se pone el cambio de ropa que le ha dado Siv, tiene la sensación de que ha descansado durante días en vez de poco menos de una hora.

—¿Qué pinta tengo? —le pregunta a Ruperta, abriendo los brazos en cruz y dando una vuelta sobre sí misma.

Los ojos de Ruperta parecen encenderse con emoción al verla.

—¡Estás preciosa! —exclama, dando saltitos sobre el charco de barro—. Pareces una barda de verdad.

Violeta sonríe, incapaz de contener su alegría. El atuendo consiste en unas mallas de terciopelo rojo y un chaqué gris muy parecido al que llevan el resto de los bardos, pero que, a ella, siendo considerablemente más baja, le queda como si fuera un vestido corto con cola. La parte baja del chaqué tiene un corte en el centro, y de las puntas de ambas mitades cuelgan dos cascabeles que tintinean suavemente cada vez que se mueve. Le han dado unas botas mucho más cómodas también, de un color gris brillante, casi blanco, decoradas con flores bordadas en rojo y rosa que le suben hasta las rodillas.

—Ojalá pudiera ir así vestida en mi mundo también —comenta mientras echan a andar de vuelta a la llanura.

—¿Y por qué no puedes? —pregunta Ruperta.

—Sería raro. Llamaría demasiado la atención, y eso…, bueno, no es lo mejor.

Ruperta suelta un bufido.

—No entiendo las reglas de tu mundo —dice—. Nada de lo que cuentas tiene sentido.

A Violeta le gustaría decirle que no es tan malo, que hay muchas cosas buenas, porque las hay, pero, de nuevo, le cuesta encontrar la manera de explicarle a Ruperta el funcionamiento de un mundo tan absolutamente distinto al suyo.

Lo primero que notan al llegar a la Llanura es la música; flota en el aire mezclándose con el olor de la comida caliente y el animado sonido de las melodiosas voces de los bardos y el tintineo delicado de la risa de Fa. La sensación que inunda a Violeta es extraña, una calma cálida que siempre pensó que estaba reservada solo para quienes regresan a su hogar después de un largo viaje, y sin embargo…, sin embargo ahora la nota crecer en su interior como una semilla. Por un momento, se le ocurre que tal vez este es el lugar al que se supone que tenía que llegar, que tal vez es este, y no el castillo de la Bruja, el final del camino.

—No pongas esa cara.

Se gira hacia un lado y ve que Perxitaa está de pie junto a ella, observando la escena ante ellos con los brazos cruzados y expresión seria.

—¿Qué cara?

—Cara de que te quieres quedar aquí. —Se gira hacia ella y sus ojos, normalmente tan claros, se oscurecen—. No puedes quedarte aquí, lo sabes, ¿no?

Violeta se muerde el interior del carrillo, dirige la mirada hacia los bardos que tocan la flauta en la tarima y nota cómo, por un momento, se le nubla la vista.

—Quizá ahora no, pero podría…, podría volver, después de rescatar a la Bruja.

Perxitaa frunce el ceño. Parece que va a decir algo más, pero se corta en el último momento y, sacudiendo la cabeza, se gira para marcharse.

Violeta no tiene tiempo para preguntarse qué es lo que ha pasado cuando Fa llega corriendo y se abraza a sus piernas con fuerza. Sus ojos parecen dorados cuando atrapan la luz de la hoguera, y su expresión es abierta y alegre. Parece una bienvenida y una invitación, y Violeta se muere por aceptarla.

—El traje encaja contigo.

Alza la mirada y ve a Siv, que camina hacia ellas con una copa en la mano, que le tiende a Violeta.

—Gracias, yo…, bueno, nunca he tenido oportunidad de ponerme algo así.

—Es la ropa de los bardos —dice él, guiándolas hacia uno de los bancos cerca de la hoguera—. Solo los bardos y las brujas pueden invocar la melodía de las cosas. ¿Qué eres tú?

Violeta toma asiento en el banco y deja caer la mirada a su copa, donde un líquido rojo intenso desprende un olor afrutado que reconoce.

—Las dos cosas —responde Ruperta, sentada a sus pies—. Es una bruja y una barda, y una guerrera también.

—¡Ruperta!

Siv se ríe, mientras las campanas y los cascabeles y preciosas melodías danzan a su alrededor.

—Lo hemos oído todo —dice—. Antes de que la pequeña dama perdiera el control, el viento ya traía noticias de tus hazañas.

—Bueno, hazañas...

—Sabemos que la Bruja está perdiendo fuerzas... Las canciones son cada vez más débiles, y la gente las está olvidando, incluso nosotros llegamos a... Nunca había pasado algo así. Por eso has venido, ¿no? Para salvar a la Bruja.

Violeta asiente, sin apartar la mirada de su copa. Siempre le ha costado expresar sus deseos en alto, y ahora hay algo que quiere con tanta intensidad que el mero hecho de ponerlo en palabras la aterra.

—Cuando todo... Cuando todo termine y la Bruja esté a salvo, ¿podría..., podría volver aquí? ¿Para quedarme?

El bardo le dedica una mirada amable.

—Siempre serás bienvenida en la Llanura —dice—. Pero es probable que, cuando llegues al lugar donde debes llegar, ya no quieras volver aquí.

Violeta sacude la cabeza frenéticamente y le lanza una mirada decidida.

—No —niega—. Este es el lugar donde tengo que estar, lo sé, este lugar lleno de música es... Es lo que he estado esperando siempre, este es el único sitio donde siento que... encajo.

El bardo parece pensativo un momento. Ahora, sentada sobre sus rodillas, Fa dirige sus grandes ojos amarillos hacia Violeta, luminosos como dos faros.

—A veces el lugar en el que encajamos no es un destino al que llegar, sino algo que construimos por el camino —dice Siv finalmente—, y tú parece que lo estás haciendo bien; de lo contrario, no habrías llegado hasta aquí. —Su mirada se vuelve hacia la niña en su regazo, suave como una caricia—. No habrías podido rescatar a la pequeña dama, ni a los demás. Te estamos muy agradecidos.

—Yo solo… me limito a escuchar.

Fa le dedica una sonrisa tan amplia que resulta cómica.

—No todo el mundo escucha —dice Siv—. Y mucho menos entiende.

—Sé lo que es que no te escuchen. —Violeta suelta una risa amarga que luego intenta borrar dándole un trago a su copa—. En mi mundo, cuando hablaba de la música, apenas me prestaban atención, como si no fueran más que tonterías.

Siv la mira alarmado, como si acabara de decir una barbaridad.

—Pero la música es lo que haces —dice—, es lo que te sale de dentro.

—No siempre podemos hacer lo que nos sale de dentro.

Él niega, y Fa, imitándolo, sacude la cabeza efusivamente.

—Si no hacemos lo que nos sale de dentro, se acabará marchitando y muriendo. Y cuando eso ocurre…, bueno, es como si el mundo perdiera el color.

Los bardos cantan, y Fa baila dando vueltas por el claro, con el largo pelo flotando tras ella como una capa. Violeta repite las estrofas de la canción acompañada de liras y flautas y la noche pasa entre música y canciones. Es un poco como estar en un limbo entre el sueño y la vigilia; las menguantes llamas de la hoguera lo cubren todo de una tenue luz anaranjada hasta que es difícil distinguir entre las sombras y las figuras tangibles.

Poco a poco, los bardos se van retirando a sus tiendas. Perxitaa ha vuelto a desaparecer, y Ruperta ronca suavemente en un lecho de hojas secas bajo un árbol. Hace ya rato que Siv se llevó a Fa, que se había quedado dormida sobre un banco, y ahora solo quedan Violeta y el fuego casi consumido. Sabe que cuando llegue la mañana tendrán que marcharse, y la mera idea de tener que abandonar este lugar hace que irse a dormir le dé pavor. Nota cómo, a ratos, se le cierran los ojos y la cabeza se le cae hacia los lados con brusquedad, espabilándola momentáneamente.

Es en uno de esos momentos, cuando ya se le han cerrado los ojos y su cuerpo está a punto de ceder al sueño, en que lo oye: alguien está tarareando una melodía suave que la envuelve como una manta cálida y ligera. El sonido llega de algún lugar a su derecha, y Violeta se fuerza a abrir los ojos para comprobar si es su cabeza, o si realmente hay alguien más con ella.

—Creía que estaba sola —murmura, cuando distingue la silueta de una persona sentada en el banco a su lado.

La persona se ríe y se gira a mirarla, mientras la suave luz del fuego ilumina un rostro delicado y pálido, como tallado en ópalo. El pelo, también blanco, le cae largo y liso por los hombros hasta perderse en la oscuridad, y los ojos, claros como diamantes, reflejan la danzante luz de las llamas.

—¿Eres un fantasma? —pregunta Violeta, con una falta de miedo que le resulta bastante sorprendente.

La persona se ríe de nuevo.

—Casi —dice, con voz clara—. Estoy desapareciendo.

—¿Por qué?

—Ya sabes por qué. La Bruja está débil, y el resto… Todas están volviendo a sus formas originales, pero yo… no tengo una forma a la que regresar. Una vez que me olviden, dejaré de existir.

«Una nota», piensa Violeta, de repente. Es la primera vez que encuentra una nota en el territorio de otra. Es la primera vez que es una nota la que la encuentra a ella también.

—¿Quién eres?

—¿Por qué temes tanto marcharte de aquí?

Violeta frunce el ceño y posa su mirada en las ascuas de la hoguera.

—Porque si sigo adelante…, si sigo adelante y salvamos a la Bruja, todo habrá terminado y tendré que regresar.

—¿No quieres volver a tu mundo?

—No. Sí. Quiero decir…, regresar a mi mundo significa volver a la realidad, y la realidad es… que tendré que olvidarme de la música para siempre. —Una rabia que hacía mucho que no sentía se le enrosca en las tripas como una serpiente—. Tendré que dedicarme a algo que no me gusta, conseguir un trabajo que me proporcione dinero, pero no felicidad, y pasarme los días…, pasarme los días arrepintiéndome.

—Parece un destino horrible —dice la nota, dedicándole una mirada que Violeta no sabe descifrar. Estira los brazos ante ellas, y Violeta ve que son totalmente blancos, tan claros que casi parecen transparentes bajo la luz de la luna—. Cuando renunciamos a nuestros sueños, el mundo pierde el color, ¿verdad?

Violeta hace una mueca.

—Eso me han dicho. Pero a veces nos empeñamos en perseguir sueños que no valen la pena, ¿no? —¿Cuántas veces habrá escuchado eso? ¿Cuántas veces le habrán dicho que perdía el tiempo, que buscara algo mejor, algo más seguro, con más futuro?—. No todos los sueños merecen ser perseguidos, por mucho que queramos.

—Todavía no he conocido ningún sueño así —dice la nota, pensativa.

—¿Así cómo?

—Que no merezca ser perseguido. —Le dedica una mirada de soslayo—. Incluso tú, que dices eso, seguiste la melodía, ¿no? —Su voz adquiere un tono alegre, casi esperanzado—. Es lo que has estado haciendo hasta ahora, seguir las melodías que reconoces y esperar que te lleven adonde debes llegar.

—No tengo ni idea de adonde se supone que tengo que llegar.

—Nunca lo sabemos. Pero las personas acaban siempre gravitando hacia eso que anhelan, no importa los desvíos que tomen, al final…, al final seguirán su canción, sea cual sea.

—Cuando oímos una melodía que reconocemos, siempre debemos seguirla —dice Violeta, recordando las palabras que le dijo Ruperta una vez. Ahora le parece que han pasado años desde ese momento.

La nota suelta una carcajada suave.

—¡Eso es! Ya sea aquí o en tu mundo, mientras recuerdes tu melodía, acabarás llegando adonde debes.

Violeta sonríe ligeramente, nota cómo una calma extraña se le asienta en el pecho, extendiendo una sensación cálida que se apodera de ella por completo.

—Es por eso por lo que estás desapareciendo, ¿no? La gente no solo está olvidando las melodías de las cosas, sino las suyas propias.

—Sabía que hacía bien en venir a buscarte. —Echa la cabeza hacia atrás y cierra los ojos. La luz de la luna se refleja en la traslúcida superficie de su cuerpo hasta que parece formar parte de ella—. Tú puedes oír mi canción, ¿verdad?

Violeta cierra los ojos y respira hondo. Esta ahí, en su cabeza, más clara que ninguna de las otras, las palabras tremendamente familiares, aunque nunca las haya oído. Ya no necesita mirar la caja de música para darle cuerda, no necesita tirar de ningún hilo ni ordenar ningún sonido. La música que llena el aire cae sobre ellas como una lluvia de estrellas.

—... *de tanto escuchar que no vale la pena, se ha resignado a dejar de luchar* —empieza, y su voz es clara, aunque nota que le tiemblan las manos—, *y quien pierde la fe en sus propios sueños, ¿cómo podrá hacerlos realidad? Se ha hundido tantas veces bajo el peso de*... —deja que las palabras se disipen e inhala profundamente, obligando a su respiración a calmarse—. No sé cómo sigue, lo siento, no puedo...

Se gira hacia la nota e, incluso en la oscuridad, puede ver que el blanco ha cambiado, que su pelo ha adquirido un tono plateado y sus ojos son dos diamantes que cambian lentamente de color. Sus labios, antes pálidos, son ahora casi rojos cuando sonríe.

—Con esto es suficiente —dice la nota—. Eres todo lo que dicen y más, Violeta.

—¿Qué dicen?

La nota se pone de pie y alza los brazos, estirándose como un gato. Por primera vez, Violeta ve que lleva un vestido largo y negro que parece un espejo del cielo plagado de estrellas, y cae a su alrededor como una cascada hasta perderse en la oscuridad.

—Mi nombre es Re —dice, guiñándole un ojo—. Aunque eso ya lo sabías.

—¿Qué dicen que soy? —pregunta de nuevo Violeta.

Re se encoge de hombros.

—Una bruja. Una guerrera. Una barda. Y... ¡Oh! Si ya eres todo eso ahora, solo imagina en qué te convertirás. —Su risa es suave y contagiosa, parece tremendamente emocionada, aunque Violeta no sabe por qué.

Le da la espalda y empieza a alejarse del banco con paso lento, pero antes de desaparecer en la oscuridad se gira una vez hacia Violeta y le dedica una mirada amable que parece atrapar toda la luz de la luna y las brasas casi consumidas de la hoguera.

—Yo puedo oír tu melodía, también —dice—. Todas podemos. La tuya es una melodía que podemos reconocer.

Re desaparece entre las sombras, y, cuando es evidente que se ha quedado sola, Violeta se levanta con paso vacilante y se dirige hacia el lugar donde duerme Ruperta, la coge en brazos, con cuidado para no despertarla, y se mete en la carpa que los bardos han habilitado para ellas.

No sabe cuánto tiempo duerme, pero, cuando despierta, por primera vez lo hace sin el miedo a que todo haya sido un sueño.

CAPÍTULO 14:
La ciudad de hielo

Cuando sale de la carpa, el sol apenas ha empezado a abrirse paso en el cielo, y Perxitaa está esperándola con los brazos cruzados a un lado de la entrada.

—¿Y bien? —pregunta, mirándola con expresión intencionadamente indiferente.

—¿Y bien qué? —Violeta arquea una ceja e imita su postura, cruzándose de brazos también.

—¿Vas a quedarte aquí?

Violeta sonríe y sacude la cabeza, haciendo un gesto con la barbilla hacia la mochila que lleva a la espalda.

—Todavía nos quedan cosas por hacer —dice—. Aunque me gustaría, sé…, sé que este no es el final del camino.

Perxitaa frunce el ceño y separa los labios para decir algo, pero la respuesta parece haberlo pillado por sorpresa y los vuelve a cerrar sin decir nada.

—Anoche… —empieza Violeta, pero, antes de que pueda continuar, Fa aparece corriendo de la nada y se tira a sus piernas, abrazándolas con fuerza y echando la cabeza hacia atrás para mirarla con una sonrisa radiante—. ¿Has venido a despedirte?

La niña asiente y le da un último apretón a sus piernas antes de soltarlas y dar un paso hacia atrás. Siv sale de una de las carpas y se acerca con paso tranquilo hasta detenerse a su lado.

—La pequeña dama nos ha avisado de que os marcháis —dice, con una leve inclinación de cabeza.

—Muchas gracias por dejar que nos quedáramos. En serio, yo..., cuando todo acabe, me gustaría volver de visita, si os parece bien. —No es exactamente lo que quiere decir, pero Violeta ha decidido que, si quedarse no es una opción, al menos se conformará con eso.

—Será un honor —dice Siv, mientras sus ojos atrapan los primeros rayos del sol de manera que parecen casi naranjas—. Esperaremos con ansia la conclusión de la canción.

Avanzan juntos hacia el final de la explanada, donde el terreno se bifurca en dos caminos estrechos que se pierden entre las coloridas colinas cubiertas de flores.

—Ambos caminos llevan al castillo de la Bruja —explica Siv—: el de la derecha pasa por Becuadro, que es la ciudad donde se fabrican los instrumentos. —Sus labios se curvan en una delicada sonrisa ante la emocionada expresión de Violeta—. Imaginé que llamaría tu atención. Una vez que hayáis cruzado Becuadro, llegaréis a la frontera con Cantabile, la ciudad que rodea el castillo de la Bruja.

—¿Ya? —pregunta Violeta, extrañada—. No sabía que estábamos tan cerca.

—¡Llevamos mucho tiempo viajando! —dice Ruperta.

Violeta baja la mirada a la caja de música que le cuelga del cuello y se percata, no sin cierta sorpresa, de que está casi completa.

—Hace tiempo que no tenemos noticias de Becuadro. —Siv deja que su mirada se pierda por el camino de la derecha con aprehensión—. El viento que llega es frío, y la falta de canciones no es buena.

—Estamos acostumbrados a encontrarnos las cosas hechas un desastre —dice Violeta, haciendo un gesto con la mano—, nos las apañaremos.

Siv suelta una carcajada que tintinea como cascabeles. Su sonrisa resplandece como el sol de la mañana y Violeta tiene que apartar la mirada para mantenerse firme en su decisión de marcharse.

—Que la música guíe tus pasos, Violeta —dice mientras inclina la cabeza hacia delante en una ligera reverencia—. El camino al hogar de los bardos estará siempre abierto para ti.

Marcharse es más difícil de lo que habría imaginado. Cada paso que da hacia el sendero que la llevará a la siguiente ciudad hace que se le encoja el pecho en una pena que es casi tangible. Toda la seguridad que sintió tras su conversación con Re empieza a disiparse ante la idea de que, probablemente, cuando todo acabe no vuelva a ver la Llanura Antífona.

La sensación es dolorosa y familiar, la misma que sintió cuando aceptó estudiar Empresariales y abandonar definitivamente la música.

—No es tan horrible —dice Ruperta de repente, aunque llevan ya un rato caminando en silencio—. Cuando rescatemos a la Bruja podremos volver de visita. Será mucho más divertido hacerlo sin tener que andar salvando el mundo y todo eso.

Violeta sonríe ligeramente, pero es menos reconfortante de lo que le gustaría.

—Cuando salvemos a la Bruja tendré que volver a mi mundo, ¿no?

—Si eso es lo que quieres —dice Perxitaa, que lleva desde el día anterior extrañamente silencioso—, no estás obligada a quedarte.

—¡Pero podrías! —añade Ruperta, dando un saltito—. ¡Podrías quedarte con nosotros!

—¿Y qué pasaría con la gente de mi mundo? ¿Con mis padres? No saben dónde estoy, seguro que están preocupados. —El hecho de que sea la primera vez que se acuerda de sus padres desde que empezaron el viaje hace que la invada una oleada de culpabilidad que la deja temporalmente sin aliento—. Seguro que piensan que me ha pasado algo. Ay, madre, tendría que haber dejado una nota, tendría que…

—Ahora mismo no te recuerdan —la corta Perxitaa, y su tono ha vuelto a ser ligero y alegre—. Mientras estés aquí, tu presencia en tu mundo se ha borrado por completo. Cuando regreses, volverás a existir ahí en vez de aquí, y entonces…

—Mi presencia en este mundo se borrará por completo.

Perxitaa asiente casi imperceptiblemente, y Violeta tiene que hacer acopio de toda la fuerza de voluntad que posee para no echarse a llorar.

Mientras avanzan, el aire se vuelve frío y cada ráfaga de viento arrastra diminutos copos que parecen hojas de diente de león. La tierra del camino se va cubriendo de color blanco, los árboles van perdiendo sus hojas, y el verde de las colinas va desapareciendo poco a poco bajo una gruesa capa de nieve.

—Está nevando —observa Ruperta—. Nunca he visto la nieve.

—Porque en esta parte del continente no nieva —apunta Perxitaa—. Está claro que el guardián de Becuadro también ha caído.

Siguen adelante con cuidado, intentando sortear las partes del camino donde la nieve es densa y difícil de atravesar. La nevada se va haciendo cada vez más fuerte, hasta que apenas pueden ver nada más allá de lo que tienen justo delante, y acaban topándose de lleno con una gran pared de hielo que les corta el paso.

—Vamos a mo… —empieza Ruperta, pero Perxitaa, que la lleva en brazos, se apresura a cerrarle el hocico con una mano.

—No lo digas —dice—. No empieces otra vez, por la Bruja.

—Solo tenemos que cruzar la pared de hielo. —Violeta se acerca lentamente, protegiéndose los ojos con una mano y poniendo la palma de la otra sobre la helada superficie—. Seguro que hay una melodía que pueda…

Se corta en seco en cuanto nota el frío bajo sus dedos y un ruido blanco le explota en la cabeza. Se le nubla la mirada y, por un momento, lo único que puede ver y oír es nieve que cae por todas partes, cubriéndolo todo de hielo. «¿Por qué estoy aquí? —se pregunta, mientras el frío se extiende por su mano y le sube por el brazo, congelándole la sangre—. ¿Por qué no me quedé en la Llanura, con los bardos?». Y ahí está de nuevo, más fría que el hielo, más estridente que el ruido, la pena de saber que ha perdido su única oportunidad.

—Violeta, oye, espabila, aquí hay algo raro que…

¿De dónde viene esa voz? Violeta retira la mano del hielo y mueve la cabeza hacia el sonido, pero el lugar en el que está no es el mismo que recuerda. Ella recuerda vagamente avanzar por un camino nevado entre dos colinas, y ahora… Ahora está en mitad de una ciudad en la que todos los edificios están hechos de hielo. Se siente casi segura de que había alguien con ella, y sin embargo… en esta ciudad no hay nadie.

—¿Qué es este sitio? —se pregunta, mientras avanza por las aceras cubiertas de nieve.

A su alrededor se alzan altísimos edificios helados que resplandecen como diamantes cuando los atraviesa la luz del sol.

Las calles están cubiertas por una capa blanca que se extiende en todas las direcciones, sobre las farolas, los árboles y los tejados. No hay nada que manche el perfecto color de la nieve, ni pisadas ni barro. Alza la mirada al cielo, del que una suave llovizna de copos cae de manera incesante. Por un momento le da la sensación de que se encuentra dentro de una bola de nieve.

—¿Hola? —llama en voz alta—. ¿Hay alguien?

Está segura de que hay un sitio al que tiene que ir, pero no consigue recordar ni el nombre ni qué dirección debe tomar. El ruido blanco no se ha detenido, pero ahora suena por encima de otro sonido, ligeramente familiar, como una voz que dice algo que no puede distinguir.

Pasa por delante de un pequeño establecimiento del que cuelga una señal en un idioma que no entiende, y se detiene. Un hilo invisible tira de ella hacia la puerta, que cede y se abre en cuanto pone la mano sobre ella. El interior es una enorme sala de madera gris, con las paredes cubiertas de estanterías donde descansan incontables instrumentos, tacos de partituras cuidadosamente apiladas y, en el centro, ocupando gran parte de la sala, un imponente piano de cola.

—Una sala de música —murmura Violeta, observando su entorno con un sobrecogimiento que roza la reverencia.

Camina por la sala con cuidado, paseando las yemas de los dedos por los lomos de los libros encuadernados en rojos y dorados, por la fría superficie de las elegantes flautas, rozando las cuerdas de las guitarras y las arpas de madera tallada, hasta detenerse ante el piano.

Entonces se sienta en el mullido banco silenciosamente y posa los dedos sobre las teclas, cuyo tacto es tan familiar que piensa que le gustaría quedarse ahí para siempre, en vez de salir y volver a enfrentarse al frío. Toca con cuidado, pero el sonido resultante está mal, no suena como debería, aunque no sabe por qué.

—Violeta. —Una voz se oye por encima del sonido del piano, y sus dedos se detienen—. Violeta…

Un golpe seco, y toda la sala se estremece. Violeta se pone de pie rápidamente y echa a correr hacia la puerta. Fuera ha empezado a nevar con más fuerza y el cielo se ha vuelto oscuro. Sin el sol que las haga brillar, las paredes de los edificios parecen espejos que la reflejan cientos de veces. Otro golpe, los edificios tiemblan, los copos de nieve caen aún más rápido, y, cuando alza la mirada hacia el cielo, ve una enorme cara que la observa desde las alturas.

—Violeta —dice—. Espabila.

Violeta sacude la cabeza, intentando despejarse. No siente las puntas de los dedos y cada vez le cuesta más moverse. Vuelve la mirada hacia la cara que no deja de mirarla desde lo alto; está pintada de blanco y tiene los ojos grandes y verdes cargados de preocupación. *¿Por ella? ¿Por qué?* Otro golpe, y el sonido de un cristal que se resquebraja. Una ráfaga de aire helado pasa zumbando a su alrededor y la hace trastabillar hacia atrás.

—¡Violeta! —La voz es ahora mucho más clara, y Violeta la reconoce.

—¿Perxitaa?

—¡Tienes que salir! ¡Corre!

Violeta alza la mirada y ve que hay un agujero en el cielo, y a través del agujero distingue la cara de Perxitaa. Ojea su alrededor, desorientada, y todo el escenario parece un montaje cuidadosamente ensamblado, como una de esas maquetas de miniaturas que venden para las casas de muñecas. Otro estruendo, y, cuando mira hacia la dirección del ruido, ve que los edificios han empezado a colapsarse, creando una avalancha que se dirige hacia ella a toda velocidad.

—¡Espera, no…!

Alza la mirada de nuevo y la cara de Perxitaa ha desaparecido, pero en su lugar ve a Ruperta, que se asoma por el agujero con expresión alarmada. Violeta sigue su mirada hasta toparse con una figura vestida de amarillo chillón que cae en picado. Tarda un segundo en darse cuenta de que es Perxitaa, que se ha tirado por el agujero y ahora va directo a estamparse contra el suelo.

CAPÍTULO 15:
El camino antes del final del camino

Violeta se mueve antes siquiera de procesar lo que está ocurriendo.

Aferra la caja de música con una mano, mientras que planta la palma de la otra con fuerza en el suelo y grita, ordenándole a la tierra que siente vibrar bajo la nieve que se eleve. La tierra tiembla bajo sus dedos, la melodía retumbando en las paredes de cristal que rodean la ficticia ciudad, y la nieve se parte, y pedazos de suelo se levantan, uno tras otro, para que Violeta pueda saltar sobre ellos y echar a correr. Corre hasta que le arden los pulmones, saltando de un pedazo de suelo a otro, mientras que la tierra sigue moviéndose y levantándose ante ella, creando un camino que sube y sube hasta que está justo debajo de la trayectoria de Perxitaa.

El cuerpo del payaso se precipita con fuerza hacia ella y Violeta entierra las manos en la nieve, concentrándose en su particular murmullo, en el sonido frío que recorre cada copo hasta impregnar sus dedos. Canta la melodía de la nieve, con los labios helados y la voz rota por el cansancio y el miedo, y la nieve se concentra a su alrededor, formando nubes blancas que se arremolinan en torno a Perxitaa, frenando su caída hasta depositarlo frente a Violeta.

Perxitaa abre los ojos, sorprendido, y pasea la mirada por su alrededor antes de centrarla en Violeta.

—Creía que me mataba —dice finalmente, con un hilo de voz.

—¡¿Y para qué saltas?! —Violeta deja que el alivio y la rabia se apoderen de ella y cae de rodillas sobre la nieve, respirando con dificultad.

—Estabas como atontada, y la avalancha iba a por ti y…

Se lleva una mano enguantada a la cara, y Violeta se fija en el que el blanco del guante está empapado de rojo.

—¿Qué te ha pasado? —pregunta, cogiéndole la muñeca con cuidado para quitarle el guante.

Él se encoge de hombros con fingido desinterés, pero es incapaz de reprimir una mueca de dolor cuando el guante se desliza con dificultad por su mano húmeda.

—Se me fue la pinza golpeando el cristal. No sé si te has dado cuenta, pero estamos dentro de una bola de nieve.

Violeta aparta la mirada y se concentra en limpiarle la sangre de la mano con la manga de su chaqueta todo lo delicadamente que puede, luego se saca la pequeña bolsa de hierbas que le dio Do y la vacía sobre la palma de su mano, mientras con la otra la mezcla con un puñado de nieve hasta que las hierbas se vuelven una pasta verduzca y húmeda con la que embadurna la mano de Perxitaa.

—No tiene una pinta muy fiable…

—No es exactamente como me dijo Do que tenía que hacerlo, pero tampoco tenemos muchas más opciones ahora…

La avalancha de nieve ruge bajo ellos, llevándose por delante los edificios de hielo y la nieve y la sala de música. Violeta se queda mirando la marea blanca durante un momento y suspira.

—Lo siento —dice—, la idea de tener que volver a mi mundo me daba tanta pena que… supongo que me dejé llevar.

Perxitaa sacude la cabeza.

—Yo también lo siento. Ya has hecho mucho por nosotros, no tenía derecho a pedirte que hicieras más. Si lo que quieres es volver, quedarte con los bardos, entonces… no seré yo quien te lo impida.

Se miran en silencio un momento, estudiándose con cuidado, como si se vieran por primera vez, y Violeta se oye a sí misma pronunciando las palabras que, hasta ahora, había oído solo dirigidas a ella.

—Gracias por venir a buscarme.

—Gracias a ti por evitar que me estampe contra el suelo —responde él, y Violeta es incapaz de contener una carcajada.

Su risa se disipa y con ella la presión de su pecho. Piensa en la sala de música y en los bardos, pero la pena que siente por el camino que deja atrás es, de repente, menos intensa que la emoción que le provoca el camino que se abre ante ella. Es una emoción nueva, suave y fresca, y trae consigo una melodía que parece triste y, sin embargo, la llena de paz.

—*… esa pena que tiene los ojos vendados, que vive en lo oscuro y respira el aire viciado, tarde o temprano verá que, al otro lado, para ella también brilla el sol. Camina arrastrando…* Ah, otra vez, no sé cómo seguir.

—Ya lo averiguaremos —murmura Perxitaa.

A su alrededor, la cúpula de cristal se resquebraja y se rompe, y los pedazos caen a su alrededor sin rozarlos, brillando como diminutos diamantes bajo el sol. La nieve se cubre de cristales que atrapan la luz y resplandecen con un sinfín de colores.

Cuando apartan la mirada la una del otro, la nieve ha desaparecido y están en mitad de una calle, rodeados por pintorescas casas de madera blanca y grandes ventanales. Ruperta llega corriendo y salta, cayendo entre ellos con un ruidito y, poniéndose a dos patas, se dedica a lamerles con entusiasmo, con la corta cola moviéndose de lado a lado a toda velocidad.

—Menos mal, menos mal —repite, aliviada—, creí que os ibais a quedar enterrados en la nieve. Ay, menos mal.

Violeta la coge y la estrecha entre sus brazos con fuerza. Cuando la suelta, Perxitaa le tiende la mano para ponerse en pie, y ambos se giran hacia la persona que se mantiene de pie a cierta distancia.

—Lamento la… bienvenida —dice. Es un chico joven, de piel morena y ojos grandes y azules. Lleva el pelo, largo y castaño, recogido en una alta coleta, y viste ropas de trabajo bajo un desgastado delantal de cuero—. No estaba en… las mejores condiciones.

—¿Tú eres…?

—La. Estáis en Becuadro, la ciudad de los artesanos.

—Aquí es donde se hacen los instrumentos —dice Violeta, recordando las palabras de Siv.

La asiente, con una mirada amable y una sonrisa sincera. Hace un gesto para que lo sigan calle abajo.

—Sentí tu pena. —Inclina la cabeza hacia el lado ligeramente mientras camina—. Ha sido una constante aquí durante un tiempo, la mía y la de la gente y… la pena de la Bruja, que también llega hasta aquí, como una nevada, cubriéndolo todo.

A su alrededor, la ciudad parece estar despertando de un largo sueño. Las calles están vacías, pero hay luz tras las ventanas de las casas, y desde el interior vienen sonidos de martillos y sierras y silenciosos murmullos. La camina con paso suave pero seguro, y sus ojos se detienen de vez en cuando en las ventanas por las que pasan.

—El hielo había detenido el tiempo —explica—, pero parece que has traído la primavera.

Dejan atrás las calles de piedra y las luminosas casas y se adentran en un jardín por el que hay desperdigados setos cortados en forma de instrumentos, guitarras y flautas y liras, arpas y xilófonos extremadamente detallados, hasta detenerse frente a los restos de un puente de piedra que podía haber sido robusto en algún momento, pero que ahora ha colapsado, y entre las dos mitades se extiende un precipicio cuyo final apenas se distingue.

—Al otro lado de este puente está Cantabile —dice, dedicándoles una sonrisa pesarosa—. Pero Si fue la primera en sucumbir, y cuando ella…, bueno, el puente se vino abajo.

—¿Qué le pasó? —pregunta Violeta, dando un paso hacia delante y estudiando con aprehensión el fondo del precipicio.

—No lo sé —admite La—. Todos sentimos cuando volvió a corromperse. Si es la encargada de proteger las tierras de la Reina Bruja, así que cuando su energía empezó a deteriorarse sintió que había fallado.

—La conozco —dice Perxitaa—, pero estaba bien cuando nos marchamos, no entiendo…

La se gira a mirarlo, y su sonrisa calmada se desvanece durante un momento.

—Habéis estado fuera durante mucho tiempo. Hace mucho que nadie puede salir ni entrar de Cantabile, y la energía de la Bruja se ha…

—No —corta Perxitaa—, aún puedo sentirla. Todavía tenemos tiempo.

Los labios del guardián forman una fina línea y asiente ligeramente.

—Si hemos llegado hasta aquí, llegaremos hasta el final —dice Violeta, dando un paso adelante. Coge la caja de música con una mano y toma aire, entonando la melodía de la tierra y la piedra. Su voz se mezcla con el sonido de la caja de música y observa, con una mezcla de orgullo y satisfacción, cómo el puente se reconstruye ante ella, piedra por piedra, hasta volver a su forma original.

Cuando la música desaparece, se gira hacia La con expresión esperanzada.

—Cuando todo haya acabado —dice—, me gustaría que me enseñaras tu ciudad. Si te parece bien, querría también aprender a hacer instrumentos.

Los ojos de La se iluminan por un momento y asiente con decisión.

—Estaré esperándote. Me alegra ver que ya usas uno de nuestros instrumentos. —Hace un gesto con la cabeza hacia la caja de música—. Sentía… curiosidad por saber quién podría reunir las piezas.

—¿Tú construiste esto?

La asiente.

—Con ayuda, por supuesto. Pero la Bruja fue tan específica que temía que dar con la persona que pudiera utilizarla fuera una tarea imposible. Me alegra haberme equivocado.

—¡Violeta es la mejor! —exclama Ruperta, dándole un suave cabezazo en la pierna.

Violeta sonríe e inclina la cabeza levemente a modo de despedida.

—Nos veremos pronto —dice.

—Que la música guíe vuestros pasos —se despide La con una pequeña reverencia.

Por un momento, Violeta piensa que el puente se vendrá abajo en cuanto ponga un pie encima, pero la piedra se mantiene sólida y sus pasos adquieren seguridad conforme avanza, volviéndose cada vez más firmes.

Cuando llegan a la mitad del puente, Perxitaa le pone una mano en el brazo, deteniéndola.

—Hay algo esperándonos al otro lado —murmura—. No sé lo que es, pero puedo sentir su presencia desde aquí.

—Ya nos hemos enfrentado a un dragón, no creo que sea más duro que eso…

Perxitaa arquea una ceja.

—Ya te habrás dado cuenta de que hay enemigos peores que una criatura de carne y hueso.

Violeta asiente, sostiene la caja de música con fuerza contra el pecho y le dedica una sonrisa tranquilizadora.

—También hemos vencido a esos enemigos.

«Y venceremos a este.» No lo dice en alto, pero Perxitaa parece leerlo en su mirada, porque, cuando vuelve la vista al frente, sus labios se han curvado ligeramente hacia arriba.

CAPÍTULO 16:
La canción y el castillo de cristal

La ciudad al otro lado del puente está en ruinas.

Violeta sabe que algo horrible ha debido pasar, porque la expresión con la que Perxitaa observa su alrededor delata un espanto imposible de ignorar. Ruperta camina a su lado, sin separarse de sus piernas, en un silencio que pesa como un saco de rocas.

Hay pilas de escombros donde antes, parece, se alzaban edificios. Construcciones de madera que en algún momento debieron ser casas y ahora no son más que astillas ennegrecidas y puñados de ceniza. En el aire flota un denso un olor acre a polvo y humo que hace que respirar se vuelva más complicado por momentos.

—Esta es… —empieza Perxitaa, con voz débil y ronca—. Esta era mi ciudad.

Violeta se gira a mirarlo y sus ojos cargan huracanes y tormentas.

—Lo arreglaremos —dice, pero suena más desesperada que confiada—. Sea como sea, lo arreglaremos.

Algo se mueve tras ellos. Se giran lentamente, pero en la ciudad destruida no parece haber nadie más que ellos y los escombros. Otro movimiento, esta vez a un lado, pero de nuevo ahí no hay nadie.

—Es la ceniza —dice Ruperta de repente, parándose en seco—, la ceniza se está moviendo.

Violeta sigue su mirada y se da cuenta de que tiene razón, las pilas de ceniza se están moviendo, sacudiéndose en pequeños espasmos y juntándose lentamente hasta empezar a formar figuras humanas, primero una, luego otra…, hasta que, de repente, están rodeados por lo que parecen estatuas negras hechas de ceniza.

—Esto me da mala espina… —murmura Perxitaa—. Tenemos que salir de aquí.

Coge a Ruperta bajo un brazo, y con la mano libre coge la muñeca de Violeta y echa a correr.

—No podéis pasar. —La voz es grave y ronca, y la reverberación se queda en el aire mucho después de que las palabras hayan desaparecido—. Nadie puede pasar.

Perxitaa se detiene, y Violeta apenas puede parar antes de chocarse con él. Ante ellos, el camino está cortado por un grupo de figuras de ceniza, cuyas caras, totalmente negras y sin facciones, parecen estar fijas en ellos.

—Nadie puede pasar —repite la voz.

—¿Quién habla? —Violeta mueve la cabeza en todas direcciones, pero es incapaz de discernir el origen de la voz.

—Tiene que ser una de las figuras —dice Perxitaa—. Alguien tiene que estar controlándolas.

Sin previo aviso, una de las figuras se lanza hacia ellos, y Perxitaa empuja a Violeta hacia un lado para apartarla del camino. La figura se lo lleva por delante con un golpe seco y ruedan calle abajo, forcejeando.

—¡Ruperta, corre! —grita Violeta, pero Ruperta se ha transformado en el enorme jabalí negro y corre tras Perxitaa, preparada para embestir a su atacante.

Violeta, con el miedo palpitándole en las sienes, sostiene la caja de música con fuerza y llama a los árboles, cuyas ramas casi calcinadas cobran vida, se estiran y se sacuden como látigos, atacando a las figuras de ceniza, que desaparecen en una nube negra en cuanto la madera impacta con ellas.

—¡No son sólidas! —exclama Perxitaa, que ya se ha librado de la figura que lo atacaba y ahora esquiva los ataques de otra—. Tiene que haber una que sea diferente, seguro que esa es quien las controla.

Una figura se lanza contra ella por la derecha, y Violeta planta un pie con fuerza en el suelo llamando a la tierra, que se levanta en una columna justo debajo de la figura, golpeándola con tal fuerza que la hace estallar.

Las melodías se superponen en su cabeza en un batiburrillo; la tierra, la piedra, los árboles. Invoca todas las canciones que conoce, pero no es capaz de entonarlas todas a la vez, y cuando centra su atención en una, las otras flaquean. Las figuras de ceniza se lanzan sobre ella una tras otra, solo para ser repelidas por pilares que salen de la tierra, ramas que las apartan de un latigazo y rocas que vuelan en todas direcciones. Ruperta corre de un lado a otro, embistiendo a los enemigos que Perxitaa esquiva entre saltos y cabriolas.

Una rama especialmente grande se lleva por delante a los enemigos que venían a por ella, y Violeta se detiene un instante a recuperar el aliento. Por un momento, apaga las melodías que se mezclan en su cabeza, solo para darse cuenta de que hay otra, más suave y oscura, que lucha por abrirse paso hacia la superficie. «No podéis pasar», repite, una y otra vez, y Violeta se da cuenta de que había estado tan ocupada repeliendo los ataques que no se había fijado en que ha estado ahí todo el tiempo. Pasea la mirada por la ciudad destruida, por las figuras de ceniza que no dejan de formarse y lanzarse a por ellos, e intenta concentrarse en la voz. En vez de concentrarse en mirar las figuras, se centra en escucharlas, en sentir cómo el aire cambia cuando se mueven, cómo sus pisadas retumban en el suelo, y así, finalmente, la encuentra. Hay una figura distinta al resto, que aparece y desaparece de un lado a otro, y, allá por donde pasa, la ceniza se alza y cobra vida. En cuanto echa a correr tras ella, Violeta nota el familiar zumbido en las puntas de los dedos, el tirón de una melodía que nunca ha escuchado, y aun así sabe que la conoce de memoria.

Ordena a la tierra que levante una pared que detenga a las figuras que vienen a por ella, luego llama a los árboles para que sus ramas se cierren en torno a la figura a la que persigue, hasta que queda atrapada en una jaula de madera ennegrecida y hojas muertas. Se detiene frente a ella y, cuando por fin la tiene cerca, puede ver que, a diferencia del resto de figuras, esta tiene un par de grandes ojos rojos que la miran con pena, en vez de rabia.

—No puedes pasar —repite la figura, y su voz, más que amenazadora, parece al borde del llanto—. No puedes…

—*… una culpa que no la deja ir hacia delante* —canta Violeta, dejando que la melodía fluya a través de ella con libertad—, *que le dice que todo lo que sale mal es por su parte. Que pide perdón por todo y, sin embargo, a sí misma no se sabe perdonar, pero…*

Los ojos de la figura se abren de par en par, sus manos negras aferran los barrotes de madera, y Violeta las cubre con las suyas con fuerza.

—Si —murmura—. He venido a buscarte.

La figura suelta los barrotes y se aferra a las manos de Violeta sin apartar la mirada, y, poco a poco, su rostro va cobrando forma, hasta que aparecen una boca y una nariz, y la sombra se transforma lentamente en una mujer de tez oscura y ojos de color ocre, que observa a Violeta con una mezcla entre fascinación y horror, a través de una cascada de pelo negro que le cae, desordenado, por la frente.

—Eres tú —dice, con la voz cansada y rota. Parece reconocerla, aunque nunca se han visto—. Has venido.

Perxitaa aparece corriendo a su lado y pega la cara a los barrotes.

—¿Dónde está la Bruja? —pregunta—. ¿Sigue en el castillo, está…?

—Cálmate —le espeta Violeta, ordenando a las ramas que se aparten para que Si pueda moverse—. Déjala que se centre.

La mujer pasea la mirada por su entorno, azorada, y su expresión se vuelve tan triste que Violeta no puede evitar estirar una mano hacia ella, aunque se detiene antes de atreverse a tocarla.

—Esto es por mi culpa —dice—. No fui capaz de proteger a la Bruja, no fui capaz de proteger la ciudad, y ahora… Ahora…

—Nada de esto es por tu culpa. Hiciste lo que pudiste, y ahora que estamos aquí, vamos a salvarla —interviene Violeta, con mucha más confianza de la que siente en realidad—. Luego solucionaremos todo lo demás.

No pregunta dónde está la gente porque la aterra conocer la respuesta.

—Os llevaré al castillo —dice Si, estirando la espalda y alzando la cabeza. Echa a andar por el camino sin volver la vista atrás, y Violeta se fija por primera vez en que lleva una armadura ligera e iridiscente, medio cubierta por una ajada capa roja.

El castillo de la Bruja es mucho más pequeño de lo que Violeta habría imaginado, pero no por ello menos imponente; está totalmente hecho de cristal, y en cada una de las paredes parece estar atrapada una aurora boreal que cambia lentamente de color; morados fundiéndose en rosas, y rosas mezclándose con verdes en un espectáculo maravilloso e interminable.

Para llegar hasta la entrada, cruzan un frondoso jardín por el que se extienden infinidad de rosales de todos los colores, que terminan en la base de una amplia escalinata de cristal sobre la que se reflejan los colores de las rosas.

Violeta siente la fuerza del poder que se esconde en el castillo en cuanto pone un pie en el primer escalón. A su lado, Perxitaa inhala sonoramente y, de manera instintiva, Violeta le coge la mano con suavidad en un intento de reconfortarlo. Juntos, ascienden por la escalinata hasta el interior, donde la luz se filtra por todos los espacios y los altísimos techos parecen perderse en el cielo.

—La Bruja se encerró en la sala del trono —dice Perxitaa, guiándolas con paso seguro por la gran escalera principal.

Violeta tiene que hacer un gran esfuerzo para no detenerse y observar cada pasillo, cada cristalera, y limitarse a seguir a Perxitaa, hasta que se detiene ante unas enormes puertas de metal. El tallado de las puertas le resulta extrañamente familiar, y tarda un momento en darse cuenta de que los engranajes elegantemente tallados en el metal son los mismos que los del interior de la caja de música. En el centro de las puertas, donde debería haber unos tiradores, hay una pequeña hendidura de forma circular.

—La caja de música es la llave —explica Perxitaa—, pero sin la nota que nos falta…

Violeta alza la caja de música y se la enseña, satisfecha.

—No nos falta ninguna. Esa noche en la Llanura, Re vino a buscarme. Con la estrofa de Si, casi las tenemos todas.

Perxitaa estira la mano y estudia la caja de música con un cuidado casi reverencial.

—Tienes que abrirla tú —dice—. Tú conoces las estrofas. Tienes que colocar la caja de música en la apertura y activarla con la canción.

Violeta asiente. Se sitúa delante de la puerta y se descuelga la caja de música del cuello, colocándola suavemente en la hendidura hasta que escucha un clic, y lo único que sobresale es la pequeña manilla para accionarla.

Toma aire y se concentra en recordar todas las notas que ha encontrado a lo largo de su viaje, recuerda sus estrofas, una tras otra, y las ordena con cuidado, hilándolas lentamente, dándoles varias vueltas, y, cuando por fin adquieren sentido en su cabeza, le da cuerda a la manivela y espera a que la música suene para empezar a cantar.

No oye nada más allá de la melodía de la caja de música y de su propia voz. Revive el viaje desde el principio, desde el escenario en el circo, pasando por el pantano, por el laberinto, por la ciudad helada, hasta encontrarse allí de pie, tan cerca del final, y le parece que el tiempo ha pasado demasiado rápido, que el viaje ha sido muy corto. Canta a través de la pena y de la rabia, y del dolor, canta a través de la sensación de que este es el final del camino, y sigue cantando hasta que las palabras se le acaban y la melodía, sin embargo, continúa.

—No… No entiendo —murmura—. La caja de música está completa, pero la canción no está terminada. No me sé la última estrofa.

—No puede ser. No hay más guardianes, la caja tiene todas las piezas, no…

Si corta a Perxitaa, adelantándose y colocando la palma de la mano sobre la puerta.

—Hay un último guardián —dice Si, cogiendo la caja de música y dándole la vuelta hasta que queda al descubierto el hueco vacío que habían pasado por alto—. Ella, que nos salvó a todas nosotras y ahora…, ahora necesita que alguien la salve. —Se gira hacia Violeta y le coge la mano con cuidado, colocándola sobre la puerta—. Te está llamando, ¿la oyes?

Violeta respira hondo, centra la mirada en la puerta, obliga a su mente a quedarse en blanco y escuchar el débil sonido que viene desde el interior. La siente igual que todas las otras veces, una voz suave que la llama por su nombre, como si la conociera, como si llevara tiempo esperándola. Y Violeta quiere llegar a ella, lo desea con tanta fuerza como jamás ha sentido en su vida, y, cuando separa los labios para cantar, las palabras fluyen como si vinieran directamente de ella.

—… ***pero, oh, ¿acaso no es verdad, que tras cada triste realidad se esconde una canción que solo tú puedes cantar?***

CAPÍTULO 17:
La Bruja Melodía

La puerta se abre con un chirrido, y la luz que sale del interior de la sala la ciega momentáneamente.

Cuando sus ojos se acostumbran a la luz, Violeta camina con paso lento hacia delante, adentrándose en la amplia y vacía sala del trono; no hay adornos ni muebles ni alfombras, solo paredes y suelos de cristal que resplandecen con infinidad de cambiantes colores. En el centro de la sala hay un trono de un rojo tan claro que cambia de tonalidad, del rosa al naranja y luego al rojo de nuevo, cada vez que lo roza un rayo de sol. El respaldo es alto y lo conforman cientos de pequeñas notas musicales que se entrelazan las unas con las otras.

Sentada en el trono hay una mujer, que tiene el pelo blanco como la nieve recogido en una larga trenza que descansa sobre su hombro y le cae por encima del pecho. Sobre su cabeza descansa una simple tiara roja de la que cuelgan finas cadenas de colores que se entrelazan con la trenza y se pierden entre los mechones de pelo. Su piel es pálida, con rasgos delicados, y sus ojos, negros y rasgados, parecen reírse cuando se posan en Violeta.

Se pone de pie lentamente y camina hacia ella con paso cansado, mientras el largo vestido rojo va extendiéndose por el suelo tras ella como una cascada.

—Sabía que vendrías —dice, con la voz más suave y melodiosa que Violeta ha escuchado nunca—. Llevo mucho tiempo esperándote.

—Yo..., eh, siento... Quiero decir...

La Bruja se ríe, y su risa son cascabeles cuyo tintineo resuena en la amplia sala. Aparta la mirada de Violeta y la dirige a Perxitaa, que está de pie en la entrada, muy recto, con los ojos fijos en ellas.

—Lo has hecho muy bien. —La Bruja camina hasta quedar frente a él y lo abraza con la misma delicadeza con la que sostendría una mariposa—. Estoy muy orgullosa de ti. De vosotros —añade, arrodillándose frente a Ruperta y acariciándole la cabeza, para luego girarse hacia Si y darle otro suave abrazo.

—Lamento que hayamos tardado tanto —murmura Perxitaa, sin apartar los ojos de ella—. Debería haberme dado más prisa, tendría que...

La Bruja hace un gesto con la mano y se gira hacia Violeta.

—Sigo aquí, ¿no? Eso quiere decir que habéis llegado cuando teníais que llegar. Ahora, Violeta..., ¿sabes por qué estás aquí?

—Porque puedo escuchar la melodía de las cosas. Tenía que recopilar las canciones para completar la caja de música y...

—Sí, sí, eso también, pero... ¿sabes por qué estás aquí? La razón por la que te he llamado.

Violeta frunce el ceño, extrañada.

—Porque puedo… —empieza de nuevo, pero la Bruja la interrumpe.

—Porque mi energía se agota —dice—. Puede que a ti no te lo parezca, pero soy vieja, más vieja incluso que las canciones, y necesito a alguien que ocupe mi lugar cuando mi canción termine y pueda, por fin, descansar.

—¿Que ocupe…?

—¿Quieres ser tú? —pregunta la Bruja con una sonrisa—. ¿Quieres ocupar el lugar de la Bruja Melodía?

A Violeta se le corta el aliento y casi se atraganta con su propia saliva.

—¿Perdón?

La Bruja suelta una carcajada.

—Puedes decir que no, claro, aunque preferiría que dijeras que sí.

—Pero… ¿por qué yo? Yo no…, yo no tengo nada especial, no sabría cómo…

—Tú conoces la canción —añade la Bruja—. Podías haberla escuchado y haber seguido de largo, como han hecho muchos antes de ti, y como harán muchos después también. Pero elegiste seguirla, y, a veces, algo tan simple como seguir una melodía que reconoces hace toda la diferencia.

—No sabría qué hacer —admite Violeta—. No sabría por dónde empezar, no tengo ni idea de qué se supone que hace…, bueno, usted.

La Bruja se encoge de hombros.

—Lo mismo que has hecho hasta ahora, claro. Estar dispuesta a escuchar. Y, muy importante, rodearte de compañeros en quienes puedas confiar. —Les lanza una mirada a Perxitaa y Ruperta, que siguen de pie en la puerta, observando la escena en silencio—. Creo que no lo has hecho tan mal.

Violeta se gira hacia Perxitaa.

—¿Tú lo sabías? ¿Sabías que…?

—No —niega él—, no sabía nada, pero…

—¿Pero?

—Pero me gustaría quedarme contigo, si decides aceptar.

En ese momento, Ruperta echa a correr hacia ella, lanzándose de cabeza contra sus piernas.

—¡Y yo! —exclama—. He estado esperándote tanto tiempo…

Violeta se muerde el labio inferior y piensa en cómo sería volver ahora a su mundo. En cómo sería retomar una vida que le parece la vida de otra persona. Cómo sería abrir los ojos para encontrarse con que el viaje ha sido, realmente, un sueño. Que ya no podrá hacer nada de lo que quiere hacer, que no podrá volver a que La le enseñe a fabricar instrumentos, que no podrá volver a la tierra de los bardos, que la música volverá a ser solo un deseo que nunca tuvo el valor de perseguir.

—Me quedaré —dice, y su voz suena fuerte y clara—. Dime lo que tengo que hacer.

La Bruja le dedica una sonrisa radiante. Se quita la tiara roja, desenredando con cuidado las delicadas cadenas que se mezclan con los mechones de su trenza, y la coloca sobre la cabeza de Violeta.

—Canta para mí —pide, mientras se dirige hacia el trono y se sienta—. Y, luego, cuando no sea más que una canción, cántala para que no me olviden. —Sus ojos miran más allá de ella, a Perxitaa, Si y Ruperta, que la observan en un silencio que pesa como una despedida—. Lo habéis hecho bien —alaba, con una sonrisa orgullosa—, me honra haberos tenido conmigo.

Vuelve a mirar a Violeta, con la risa danzándole en las comisuras de los labios y los ojos brillantes de emoción, y parece

Me quedaré... Dime lo que tengo que hacer.
Canta para mí.

...

Hay un lugar al
borde del mundo,
tierra de nadie,
donde al exilio van a
parar los que no
encajan en el molde
asignado, y ahí no
hay nadie que sepa
cantar

...

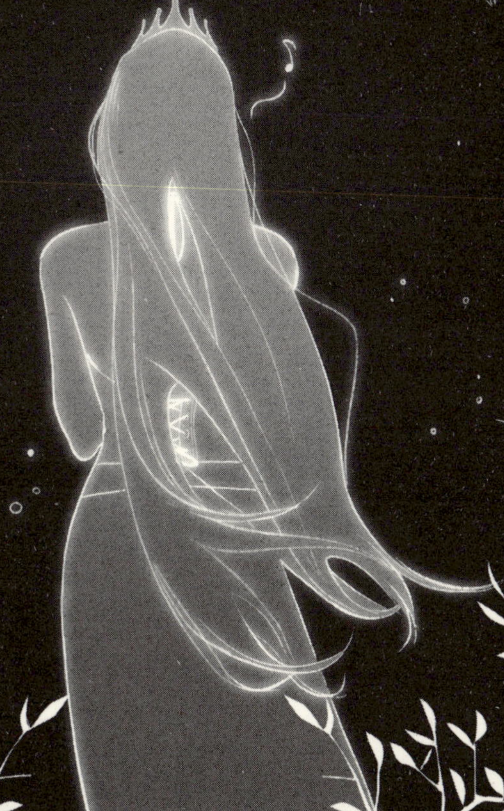

una niña a punto de empezar un viaje, en vez de una anciana a punto de terminarlo. Violeta se pregunta si tal vez no es lo primero en vez de lo segundo.

—*Hay un lugar al borde del mundo* —empieza, con voz queda—, ***tierra de nadie, donde al exilio van a parar los que no encajan en el molde asignado, y ahí no hay nadie que sepa cantar.***

«Resulta que es verdad —piensa Violeta mientras canta—: cuando oímos una melodía que reconocemos, siempre debemos seguirla.»

*Este libro se terminó de imprimir
en el mes de junio de 2021.*

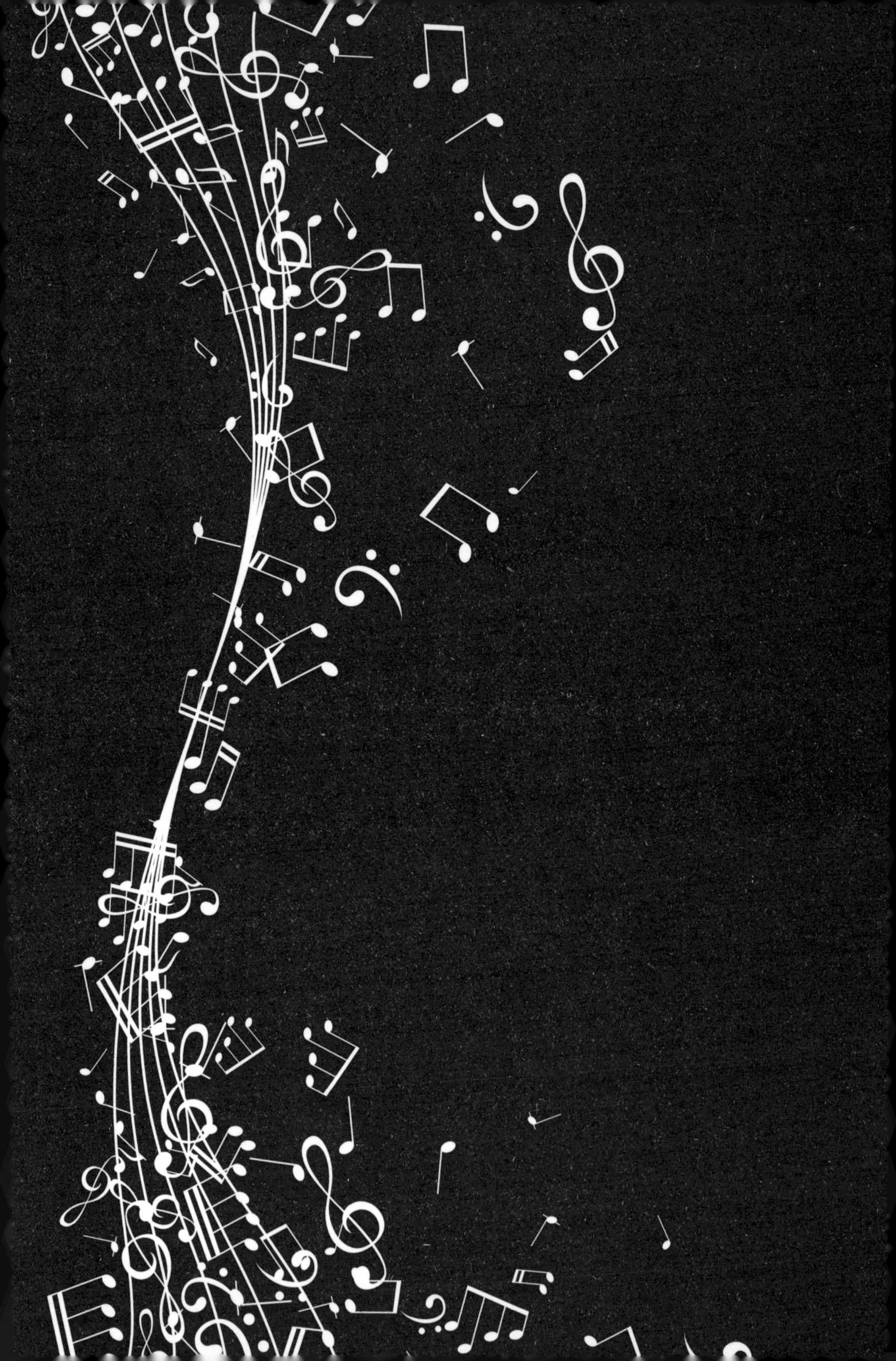